北の御番所 反骨日録【十】

ごくつぶし

芝村涼也

双葉文庫

目次

ごくつぶし

北の御番所 反骨日録【十】

第一話　ごくつぶし

一

北町奉行所で一番若い内与力《うちよりき》・鵜飼久作《うかいきゆうさく》の振る舞いに因縁《いんねん》をつけ、町奉行の小田切土佐守直年《おだぎりとさのかみなおとし》に頭を下げさせて自らの力を誇示《こじ》しようとした火付盗賊改方《ひつけとうぞくあらためかた》助役《すけやく》の奥野猛弘《おくのたけひろ》の企《たくら》みは、奉行配下である廻り方《まわりかた》（定町廻り《じようまちまわり》、臨時廻り《りんじまわり》、隠密《おんみつ》廻り《まわり》の総称）の総力を挙げた探索により排除された。

町奉行所に意気揚々《いきようよう》と乗り込んできた奥野とその配下は、完膚《かんぷ》なきまでにやり込められて這々《ほうほう》の体《てい》で去っていった。以後、奥野やその配下が北町奉行所《きたのごばんしよ》へ手出しをしてくることは絶えてなくなった。

月も変わって弥生《やよい》（陰暦三月）となり、北町に月番《つきばん》（南北の町奉行所が新規案件を一カ月交替で担当する、その担当月）が回ってきた。

奥野の一件で活躍を見せた隠密廻りの裄沢広二郎《ゆきざわこうじろう》にも、月番のお役目としてこなすべき仕事がまた巡ってくる。それは、吉原《よしわら》の面番所《めんばんしょ》で大門《おおもん》の前を通る者らを見張る立《た》ち番《ばん》を勤めることである。

ということで、前月の非番月《ひばんづき》（月番でない月）にやっていた、隠密廻りの先達《せんだつ》である鳴海文平《なるみぶんぺい》よりお申し付けの「市中を彷徨《うろつ》いて江戸中の町家の有りようを頭に入れる」ことをいったん休止し、吉原へと足を向ける日々となったのであるが――。

「町奉行所《ごばんしょ》へ顔を出せと？」

ある日の帰宅後、着替えのために居室へ向かう途中で出迎えた下働きの老爺《ろうや》・茂助《もすけ》から、町奉行所の使いが来たことを知らされた。

これも鳴海からなのだが、「お奉行から特命が下りて隠密探索に専従《せんじゅう》するとなった際、それまで毎日のように御番所に顔を出していたのが急にパッタリ姿を見せなくなってしまうと、自分らの動きを余計な者に覚《さと》られてしまうことになりかねない。だから、特に用のないときは御番所への顔出しも控えめにしたほうがよい」との助言を、今のお役に成り立てのころ受けていた。

裄沢は鳴海の考えに従って、この二、三日は吉原へ直行《ちょっこう》・直帰《ちょっき》していたから、町奉行所の使いがわざわざ自分の組屋敷までやってきたということのようだ。

「はい。朝一番で、御用部屋《ごようべや》へ唐家《からや》様を訪ねて来るように、とのお言付《ことづ》けで」

唐家も、三人いる北町奉行所の内与力の一人である。まだ仕事に慣れていない鵜飼を補助に回し、もう一人の内与力である深元《ふかもと》が外部との折衝《せっしょう》を主にこなし、御番所内のことには専《もっぱ》ら唐家が従事する、という形が今の北町奉行所では取られていた。

「鳴海さんのところには、使いを出して知らせておくべきか……」

裄沢がそう呟《つぶや》いたのは、鳴海が吉原での立ち番をほとんど裄沢に任せて、何か独自の探索を続けているらしいと思われるからだ。裄沢が急に呼び出された用件が、そのまま新たな任に就《つ》かされるようなものであれば、たった一人の同役である鳴海の知らぬままに面番所をずっと空《から》にしておくことになりかねないのである。

隠密廻りはその名のとおり、町奉行からの特命で秘密の探索にあたるような仕事も任せられる。しかも「秘密」であるからには、己の任について同役であっても知らされないということも、ごく当たり前にあり得る。

実際裄沢は、今鳴海がどのようなお指図の下に動いているのか、全く知らぬままでいた。

本来ならば面番所が空になりかねないことを鳴海に知っておいてもらうべきなのだが、唐家からされる話の中身次第では、裄沢が何らかの行動を起こすことを鳴海にすら知られるべきではない、ということだってあり得る。

「明日、唐家様に話を伺《うかが》ってからでもよいか」

話を聞いたその場からすぐに任に就かなければならないような案件で、かつ面番所のことは鳴海に報《しら》せておくべき、と判断できるような場合は、御番所の小者《こもの》に鳴海の組屋敷まで文《ふみ》か伝言を運んでもらえればよいと結論づけたのだった。


そして翌日。

裄沢は、定町廻りや臨時廻りが市中巡回前の朝の打ち合わせを行うために出《しゅっ》仕《し》してくる刻限より早く、北町奉行所に到着した。打ち合わせの行われる同心詰《どうしんつめ》所《しょ》には立ち寄らず、奉行所本体の建物に入って御用部屋へ足を向ける。そこは、裄沢が隠密廻りを拝命する前、用部屋手附同心《ようべやてつきどうしん》として——当人にしてみれば、の話ではあるが——ずいぶんと長いこと仕事に従事した場所だった。

「御免《ごめん》」

裄沢がひと声掛けて御用部屋の襖《ふすま》を開けると、やはり出仕している者はまだほとんどおらず、部屋の中は閑散としていた。

すると裄沢が目を向けた先、お奉行の席を囲う屏風《びようぶ》の陰から、年老いた男が顔を覗《のぞ》かせた。裄沢を呼び出した内与力の唐家であった。

「おう、参ったか」

「お早うございまする。御用とのことでしたので、下知《げち》に従い参上致しました」

「まあ、そう畏《かしこ》まるでない——場所を変えようか」

確かにまだ人はほとんどいないとはいえ、内密の話ができるような場所ではないし、出仕の刻限が近づくにつれてその数はどんどん増えてくる。

唐家は気軽に立ち上がり、先行して御用部屋を出た。そのまま奥へと向かい、すぐ近くの小部屋の前で立ち止まる。

廊下の左右に一つずつ設けられた小部屋は、少人数で内密な話をするときなどに使われている。裄沢も以前用部屋手附だったころ、何度か唐家や深元に伴われて入ったことがあるが、いずれのときも面倒な仕事を押しつけられたことから、あまり印象のよくない場所ではあった。

「何をしている。早く入ってこぬか」

先に中に入って奥に座った唐家が、入り口で佇《たたず》んだままの裄沢に催促《さいそく》した。

まさか愚図《ぐず》っているわけにもいかず、裄沢も入室して襖を閉め、唐家と対座する形で膝《ひざ》を折る。

「そなた、隠密廻りに転じてもうそろそろ一年になるか」

「はい。正式に拝命する前に臨時で隠密廻りの応援を承《うけたまわ》ったときからだと、あとひと月ほどで一年になります」

「どうじゃ、今の仕事には慣れたか」

「これまでの仕事とは勝手が違い、いまだに戸惑っている、というのが本音のところにございます」

「ほう、先に怪我人が復帰するまでということで臨時に定町廻りをやったときは、すぐに馴染《なじ》んだと聞いておったがのう」

「どなたからお聞きになったかは存じませんが、そのお人が気遣って差《さ》し障《さわ》りのないように申し上げたのでしょう。実際には、まだまだ至らぬところばかりだったと思います。

それはともかく、たとえば定町廻りならば市中巡回といった、毎日やるべきことが決まっておりますが、隠密廻りについては月番の際の吉原での立ち番以外、特に非番月のときには、ご下命《かめい》がない限りやるべきことも定まってはおりません。先達の鳴海さんから言われたことはこなしているつもりですが、果たしてそれでまともに勤めたことになっているのか、自分でも不確かなままでおることは否《いな》めません」

「まあ、今のところ特段隠密廻りに念を入れてやってもらうような仕事はないゆえ、そのようなことにもなっておったろうが、それも偶々《たまたま》今はそうだというだけのこと。その有りようがずっと続くわけではない。

現に、こうやってそなたを呼び出しておるしの」

唐家の言いように、裄沢はひたりと視線を向けた。

「そのお話、拝聴させていただけましょうや」

唐家は「ウム」と唸《うな》って考える素振《そぶ》りを見せた後、ようやく口を開いた。

「そなた、書や絵画についての嗜《たしな》みはあるか」

「書や絵画にございますか……無粋《ぶすい》にて、そちらのほうに造詣《ぞうけい》が深いなどとはとても申せません」

「まあ、町方の同心とあらば、そんなものか」

唐突な問いに驚いた顔の裄沢へ、唐家はそんな感想を述べた。ついで、さらに問うてくる。

「岩海和尚《がんかいおしよう》という名を、聞いたことは？」

「岩海……和尚というからには、僧侶にございますか。あいにくと、全くの初耳にございますが」

「そうか――話は飛ぶが、元飯田町《もといいだまち》に谷刻堂《やこくどう》という古物商《こぶつしよう》があっての」

「元飯田町……小川町《おがわまち》と番町《ばんちよう》の境辺りにある町家にございますか」

「ウム。その元飯田町じゃ」

小川町は江戸城の北側、番町は北西側に、内濠《うちぼり》を挟《はさ》んで江戸城《おしろ》と隣接している武家地である。そこいら一帯はほとんど全てが大名の藩邸や幕臣の屋敷となっている中で、元飯田町は一つだけぽつんと置かれた大きな町家であった。

「お話に口を挟み失礼致しました。その古物商で、何か？」

「ああ。谷刻堂は古物商とはいっても、なかなか高直《こうじき》な物（高級品）を取り扱っておるところでな。古物を商うばかりでなく、大名家や高禄旗本から屏風絵《びようぶえ》や襖絵《ふすまえ》の類《たぐい》の注文を受け、評判の絵師へ橋渡しすることなども商売にしておるような見世《みせ》じゃ」

「扱っている古物も、どこぞの蔵に長い間仕舞われていたような由緒《ゆいしょ》ある品であったりとか？」

祈沢の問いに、唐家は「まあ、そういうことじゃな」と頷《うなず》く。

この時代、絵画や書を専門に扱う現代で言うところの「画廊《がろう》」を営《いとな》むような商人はほぼいない。茶器などを商う商人が、富裕な客の求めに応じ茶室の飾りとしての掛《か》け軸《じく》なども扱うことから絵師や書家との付き合いもあり、仲介を請け負ったりしていた。

谷刻堂は一帯が武家地ばかりの中の町家に建つ古物商ということで、金に困った旧家から秘かに持ち込まれる家伝の品なども扱うようになった見世なのであろう。そういった品を買い受ける客は当然富裕な数寄者《すきしゃ》（趣味人、風流な人）であることから、やはり前述の茶器商人同様の繋《つな》がりができるのだと思われた。

「その谷刻堂で、暴れた者がおっての」

「……あの辺りですと、石子《いしこ》さんの受け持ちとなりますか」

石子統十郎《とうじゆうろう》は、城北《じようほく》地区を持ち場とする定町廻りである。石子が非番（公休日）や他の用件で手が回らないときはほとんど、臨時廻りの三上鐵太郎《みかみてつたろう》が市中巡回を代行している。

「ああ。ぽつんと離れたところを、あそこのためだけに足を運ばせるのはいささか気の毒ではあるがの」

「で、石子さんか三上さんが駆けつけたということにございますか」

「いや、石子や三上はその一件に手を出してはおらぬ。後で事情を聞くぐらいはしておろうがの」

「？」

「暴れた男は旗本の厄介叔父《やっかいおじ》での」

厄介叔父とは、跡継ぎ以外の男児《だんじ》で、他家に養子に出たり独立したりすることなく、実家で養《やしな》われ続ける者のことである。病身ゆえの扱いという場合もあるが、武家についてはそれ以外の理由のほうが多かった。

家の者も、三男以降については早くから身を立てさせるための身の振り方を考えるのだが、次男については嫡男《ちゃくなん》である長男に「万が一」のことがあったときの予備《ひかえ》として家に置いたままとすることが少なからずあった。ところが嫡男が無事に家を継いで「万が一がなかった後」になると、養子に出すには歳を取りすぎており、かといって自立できるだけの伝手《つて》も才もない者については、そのまま実家に置いておくしかなくなるという事態が発生するのだ。

所帯《しょたい》を持たせたりすればその分余計に生活費《ついえ》が掛かることになる上、子供ができたならその身の立て方にも配慮せざるを得なくなることから、一生独身のまま離れや北側の四畳半などでつましく暮らさせるような経緯を辿《たど》ることがごく当たり前にあった。

家の都合でそのような身の上になりながら、肩身の狭い思いをして生涯を終えるような者も多かったのである。

「暴れたのが旗本の身内であれば、お目付《めつけ》の領分ではありませぬのか」

なぜ、町方に話が来て自分が呼ばれることになったのかと、裄沢は疑問を口にする。ふと思いついたことを付け加えた。

「谷刻堂で出た損害について、暴れた男の実家である旗本が取り合ってくれぬとか、迷惑を蒙《こうむ》っているにもかかわらず逆捻《さかね》じを喰《く》らって困っているとか、そういうことにございますか」

「いや、それがの。谷刻堂としては、端《はな》から訴えるつもりはないということのようじゃ」

「それは……脅《おど》されて訴え出ることもままならぬとか、そういう話でもなく？」

唐家は、溜息《ためいき》を一つついてから返答した。

「こちらに相談を持ち掛けてきたのは、暴れた男の実家である旗本家のほうなのだ――弁済を申し入れても見世側《むこう》が固辞して、見舞い名目の金品すらいっさい受け取ろうとはせぬようでの。迷惑を掛けたのはこちらなのに、なぜそこまで頑《かたく》なのかと、大いに困惑しておるということのようじゃ」

「それは……」

どうやら話に出ている旗本家のほうも、自分の身内について、世間でよく耳にするような冷遇《あつかい》はしていないらしい。

「詳しい話を伺わせていただきましょうか」

裄沢は気持ちを改め、拝聴する姿勢になった。

二

厄介叔父が古物商で暴れたという旗本は、番町に屋敷のある六百石の御小納《おこなん》戸《ど》・酒井《さかい》家であった。御小納戸は将軍に近侍《きんじ》してそのお世話をすることや、身の回りの品などを取り扱うといったお役であり、家禄《かろく》の他に三百俵の役料がつく。

御小納戸の中でも御膳番《ごぜんばん》や奥之番《おくのばん》といった将軍の身辺で仕えるお役は、特に重要視され権威も高かった。

「ただし今の酒井家の当主、忠尚《ただひさ》殿は大筒方《おおづつかた》の掛《かかり》での。御膳番といった掛の方々と比べれば、さほど重きお役というわけではない」

とは唐家の説明であるが、ずいぶんと気を回した言い方になる。

御小納戸は、幕初のころは二十人ほどの人員体制であったが、幕末には百人を大きく超えるまでに増員されている。そうなっていく過程で仕事も細分化されたが、それぞれの掛に付託《ふたく》される仕事の中身によって重要度も大きく異なっていた。

大筒方や御筒方《おつつかた》はそれぞれ、戦場において大砲《おおづつ》や鉄砲の用兵者の中では将軍の最も近くに配置される者たちであるが、日《ひ》の本《もと》から戦《いくさ》がなくなって百五十年以上も経ったこの物語の時代には、実質的に存在価値が大きく下がってしまっていた。それでも鉄砲を扱う御筒方なら、将軍の御前で自分たちの武芸を披露する場はそれなりに設けられたであろうが、いかに広大な敷地を誇る江戸城《おしろ》とはいえ郭《かく》内《ない》で打ち放つことなどとうていできない大砲を任される大筒方だと、そうした機会が得られるのは数年に一度あるかどうかという程度まで限定されてしまう。

将軍の身近に供奉《ぐぶ》する立場だとして周囲からは羨望《せんぼう》の目で見られる御小納戸で

あっても、普段近侍する機会どころかお役に立てるところを誇示することもままならない掛が上層部からどう見られるかは、推《お》して知るべしといったところであろう。それでも他のお役に就く多くの者からすれば、やはり一段上に見るような扱いとなることに間違いはないのであるが。

「その酒井家の厄介叔父というのは」

「主《あるじ》たる忠尚殿の実弟、隆次郎《りゆうじろう》という男じゃ。忠尚殿が長男で隆次郎は次男、その他に庶子《しよし》の三男坊がおったが、これはすでに他家へ養子に出ておる」

唐家は酒井家の当主を「殿」付けで呼んだが、騒動を起こした次男坊のほうは呼び捨てにした。ここまで聞く限りでは、隆次郎は世の中によくある厄介叔父の身の上そのものに思える。

唐家も、「まあ庶子が養子で身を立てられておるのに、実子である己がかような扱いになっておるとなれば、やさぐれるのも判《わか》らぬではないがの」といちおうの同情を見せた。悪びれるところなくそう言い切った様子からすると、裄沢が周りから陰でどう呼ばれているかには思い至っていないのであろう。

「庶子というのは、先代が家の外に作ったということでしょうか」

「ああ。妾《めかけ》の子での、先代にはだいぶ可愛がられていたと聞く。それも、隆次郎がぐれた理由かの」

「では、その隆次郎が古物商の見世で暴れたという、その詳細《なかみ》をお教え願えましょうか」

「ウム。隆次郎は堂々と名乗って谷刻堂を訪れたという。谷刻堂としては初見の客ではあったが、さすがに将軍家御小納戸の弟と名乗ってやってきた者を、粗《そ》略《りゃく》に扱うことはできぬ。見世の主が自ら応対に出たと申す。

見世に現れた隆次郎の様子は鷹揚《おうよう》としたものでの、相手をした谷刻堂の主は内心大いに安堵《あんど》したということであった」

「とおっしゃいますと、谷刻堂の主は隆次郎とは初対面であっても、その評判は知っていたと？」

「ああ。番町にほど近いところに建つ商家の主じゃし、相手は大身《たいしん》とは呼べずともそこそこの家柄ではある。噂《うわさ》のある者について、知っていたことに何の不思議もあるまい」

「逆に言うと、隆次郎については周囲に知れ渡るほどの悪評があった」

「酒井家の忠尚殿によれば、それは若い時分の話で、近ごろは真っ当に暮らしておったということのようだがの――ともかく、騒動の話の続きじゃ。

隆次郎の気さくな話しぶりに、谷刻堂の主も思い掛けなく話が弾んでしまったということじゃった。隆次郎は意外にも書画についての造詣が深く、谷刻堂の主からしても商売の上で興味を惹《ひ》かれるようなことを少なからず口にしたと言うしな。その中身は、とてものこと付《つ》け焼《や》き刃《ば》とは思えぬものであったと申す。

そしてどういう話の流れからか、いつの間にか話題が岩海和尚のことになっておったそうな」

「谷刻堂の主が、そちらに話を誘導されたということにございますか」

「はて、どうであろうかの。その後のことを考えると、あるいはそうであったやもしれぬが、少なくとも谷刻堂の主は気づいておらなんだようじゃな。で、話の続きの前に、岩海和尚のことに触れておくべきかの」

「お願い申します」

「岩海和尚は、今は牛込《うしごめ》の通寺町《とおりてらまち》にある、とある寺に居候《いそうろう》しておるそうな」

牛込は江戸城の北西部、お城のほうからだと番町を通り越して外濠《そとぼり》の向こう側に位置している。谷刻堂がある元飯田町からなら、町のやや西の通りを真っ直ぐ牛込御門から抜けて、外濠を渡った先になる。この辺りには、通寺町の南西に横《よこ》寺町《てらまち》と呼ばれる土地も隣接しているなど、ともかく寺が多いところだ。

「昔の墨客《ぼっかく》ということではなく、存命《ぞんめい》の方なのですな。それにしても、住職ではなく居候ですか」

「寺を切り盛りするような面倒臭いことにはいっさい気が向かぬ、という気質《たち》の御仁らしい」

それなら自分とは気が合うやも、とは思いながら、余計なことは口にせずに黙って唐家が語るのを聞き続けた。

「そのことでも判ろうが、どうにも偏屈《へんくつ》な者らしくての。寺に居候する坊主とは名ばかりで、ろくに経《きょう》も読まずに部屋に籠《こ》もって筆を取るようなことばかりしておる毎日じゃそうな」

「そのような暮らしぶりで、押し掛けた寺からよく追い出されませぬな。衣食ばかりでなく、書画をよくするとなれば、使う紙も墨《すみ》も馬鹿にならぬでしょうに」

「まあその寺の住職は、よほどに人がよいのであろうな。しかし岩海のほうも、ただの怠《なま》け者というわけではなく、書画のほうの才は確かにあったようだな。

居候していた最初のころは、そなたの申すとおり、反古紙《ほごがみ》に住職が使う筆と墨を勝手に借りて何やら書き殴っていただけという様子であったらしい――あるとき、岩海が住職の居室へ入り込んで書き散らかしたままだった物を、住職が溜息をつきながら片付けをしておったところへ、普段から懇意《こんい》にしておる友人が訪ねてきたことがあったそうな。

散らかされた紙を纏《まと》めながら愚痴《ぐち》を零《こぼ》す住職の話を、笑って聞いておったその友人が、少しは手伝おうかと足下の紙を拾い上げてふと見やった後、そのまま身動き一つしなくなったと申す。

まあ、それが本当の話か、あるいは岩海和尚の名が知れ渡ってから誰かがデッチ上げた作り話かは知らぬが、ともかく岩海和尚の手になる書画は次第に評判になっての、今に至るということじゃ。

ところがこの岩海、滅多にお目に掛かれぬほどの偏屈者《へんくつもの》だという評判での、訪ねてきた者がおってもろくに会おうともせん。むしろ噂を聞いて書や画を求めてくるような者は、けんもほろろに追い返してしまうと言う。阿諛追従《あゆついしょう》には見向きもせぬし、対価を示して買い上げようなどと下手《へた》に口にしようものなら、『儂《わし》を賈豎《こじゅ》（計算高くこすっからい商人）扱いするつもりか！』と、殴り掛かってくるような始末じゃそうな」

「そんな男では、居候をさせている寺も困りましょう。寺には寺の付き合いというものがあるでしょうし」

「まあ書画を求めて寄ってくるような者は、それを商売にしたいか、手許《てもと》に置いて悦《えつ》に入《い》りつつ眺《なが》めていたい好事家《こうずか》かの、どちらかじゃ。いずれの者にせよ、目の前で戸をピシャリと閉められるような断られ方には慣れておろう。そんなことでいちいち腹を立てておったのでは、先々望めるようになるかもしれぬ繫がりを、自分のほうから断つようなものじゃからの。

それに岩海のほうとて、自分の書いた物をいっさい外に出さぬというわけではない。むしろ気に入った相手には、対価も求めず自分からくれてやるようなこともするそうな。

聞いたところによると、そういった際に慌《あわ》てて金を出そうなどとすると、気分を害してしまい頂戴したはずの物を奪い返されるような目に遭《あ》うらしい。そこで岩海から書画を与えられた相手は、居候先の寺の住職に、岩海和尚の暮らしの費《つい》えだとして相応の金を置いていくようになったということだ」

「それで、居候の坊主は追い出されることもなく、暮らしが成り立っていると」

「このごろは訪ねるほうも扱い方が判ってきたようで、無理押しはせぬし機嫌が悪いときには顔も出さずにそのまま帰る者も出るようになったそうで、寺での揉《も》め事《ごと》はだいぶんに減ったという話でな」

「なるほど。岩海なる坊主についてはだいたいのところは判りました。それで話を戻しますが、谷刻堂を訪れた酒井家の厄介叔父は、見世の主との歓談の際にその岩海和尚の話に移った。それからどうなりました」

「ああ。ちょうどそのとき、折《おり》よくか折悪《あ》しくかはともかく、谷刻堂には岩海和尚の手になる書画が何点かあっての。商人なればもともと『売れるやも』との商売っ気もあったのかどうか、見世の奥からその書画を持ち出して隆次郎に見せたそうな。

目の前に広げられた掛け軸やら何やらをひととおり見てから、隆次郎は穏《おだ》やかな表情のまま、『この見世にあるのはこれで全てか』と問うた。『後から思い返してみると奇妙なことだった』とは見世の主の言葉らしいが、そのとき隆次郎は、見終わった書画を己の右と左の二つに分けていたそうな。

岩海和尚は先ほど述べたような人柄であるから、その手になる書画はそうそう数が出回るものではない。むしろ、一つ二つということでなく、数点数が揃《そろ》っているというだけでも驚くべきことだそうな。見世の主は、当然のこと『そうだ』と答えた。

すると隆次郎は突然、己の前に揃えた書画のうちの一方を、無言で破り始めた。驚いた谷刻堂の主はしばらく唖然《あぜん》とした後、慌てて止めに入ったが、隆次郎は表情一つ動かすでもなく、そのまま悪さを続けたという。谷刻堂の主としては、相手が二本差《にほんざし》な上に身分ある武家の身内でもあったから、手を出すわけにもいかずに隆次郎が為《な》すことを最後まで見ているしかなかったのじゃ。

やり終えた隆次郎は、もう一方の書画の纏まりのほうには目も向けず、谷刻堂の主に静かに頭を下げた。『俺は逃げも隠れもせぬ。町方を呼ぶなり目付に訴えるなり好きにしてくれ』とひとこと言った後は、谷刻堂の主が何を問うても目を瞑《つぶ》って腕組みをしたままいっさい口を開くことはなかった」

「最初に暴れたと伺いましたが、誰かに手を上げたとか、そういった話ではないのですね」

「ああ。見世の主が出してきた書画をいくつも勝手に破ったというだけで、誰かが殴られて怪我をしたとか、見世のどこかが壊された、などということは全くなかった」

「それで、それから後はどうなったのです」

「谷刻堂としては破られた品のこともあるが、己の見世の座敷で居座ったままウンともスンとも言わなくなった旗本の実弟をそのままにしておくわけにはいかぬ。御用聞《ごようき》きを呼んで相談しようとしたところで、ちょうど南町の廻り方が騒ぎを聞きつけ顔を出したゆえ、後はその廻り方に任せた」

　このときの月番はもう北町であったが、市中巡回は月番か非番月かにかかわらず、両町奉行所の廻り方がそれぞれに行っている。谷刻堂での一件があった際に偶々近くを巡回していたのが南町の廻り方だったということだろうし、そうした現在で言うところの「現行犯」については月番であるかどうかにかかわらず、出くわしたほうが対処する（ただし、お白洲《しらす》に至るような案件の場合は、月番のほうへ途中で処理が移管される）。

「南町の廻り方は、いったん隆次郎を大番屋《おおばんや》へ伴った後、小伝馬町《こでんまちょう》の牢屋敷で揚《あが》り座敷《ざしき》に入れ置いた。隆次郎は己を召し捕りに来た廻り方にいっさい抵抗する様子はなく、唯々諾々《いいだくだく》とその指図に従ったと言う」

　罪を犯して小伝馬町の牢屋敷に収監《しゅうかん》されるのは、庶民ばかりではない。目付が捜査対象とする武家や寺社奉行所の管轄である僧侶などについても、召し捕られた後に収監される場所は、原則としてこの牢屋敷になるのだ。

　ただし収監される牢に違いがあり、庶民の場合は大牢《たいろう》や百姓牢、無宿牢《むしゅくろう》（二《に》間牢《けんろう》）など、御家人と大名旗本の家臣、僧侶などは揚《あが》り屋《や》、大名旗本や高位の僧侶神官などは揚り座敷となっていて、それぞれ牢内の体裁《ていさい》や囚人の待遇が違っていた。

大名や高禄旗本などは、その家族の場合も含めて自身の屋敷内で拘束《こうそく》しておくか、そうでなければ他家へのお預けとなることが一般的であったが、御小納戸とはいえ六百石程度の旗本の家族であるから、処遇が決まるまでは揚り座敷に入れるという判断になったのであろう。

三

「それで、その隆次郎という者は、今はどうしておるのでしょうか」

「今？　そのまま、揚り座敷に入っておるが」

「はて。谷刻堂は訴えを取りやめたというお話でしたが、ならば罪に問われることなく、せいぜいが己の屋敷で謹慎《きんしん》させられているというぐらいではないのですか」

桁沢に問われて、唐家は「それがの」と難しい顔になった。

「表沙汰《おもてざた》にはなっておらぬが、隆次郎は他でも同じようなことをしておるという疑いが生じておってな。その調べがつくまでは、牢から出さぬと殿《との》がお決めになられた」

唐家が「殿」と言ったのは、北町奉行を勤める小田切のことだ。唐家ら内与力は町奉行の秘書官的な仕事であることから、全て幕臣である町方の与力同心の中で、唯一旗本でもある町奉行の家臣から任ぜられることからの呼称である。

この決定を小田切がしたということは、すでに調べが南町から月番の北町へ移管済みということになろう。

「しかしながら、お旗本の実弟の罪を調べるとなれば、やはりお目付が行うのでは」

「すでに隆次郎が旗本・酒井家当主の実弟であり、まだ酒井家に籍を置いたままの厄介叔父であることは確認されておるゆえ、そう考えるのも当然だの。しかしながらいまだ訴え出る者は現れておらず、罪が定まっていない上に、実際あったこともこれから予想されることもみんな商家の中での出来事じゃ。

その商家からの訴えもない、ただ物を壊したというだけの騒ぎであるから、今のところは当北町奉行所に一件が任され、お目付はじっと静観しておるという形じゃな。無論のことお目付のほうも、ことの推移はきちんと注視しておろうがの」

「酒井家の御当主は、弟の扱いについてどうお考えなので」

「忠尚殿は弟のしでかしたことについて疑義を差し挟んではおらず、商家で生じた損害を弁済するつもりであることは、先に述べた通りじゃ。隆次郎を牢屋敷の揚り座敷に留め置くことについても、当御番所の決定に異議を申し立てることなく調べの推移を見守っておる、というところかの。

まあ酒井家の忠尚殿としても、真相が明らかになるまでは互いに顔を合わせぬほうがよかろうとの意向もあったようでの。殿からの打診に賛意を示されたようじゃな」

「谷刻堂以外にも、隆次郎が同様のことをやった疑いがあるとのことですが、それについては?」

「麴町谷町《こうじまちたにまち》に河津屋《かわづや》という古道具屋があっての。こちらは谷刻堂とは違って、雑多な物を商っておるような俗《ぞく》(庶民的)な見世じゃが、隆次郎はそこでも同じことをしておったというのはほぼ確からしい。まあこちらのほうは、ただの一点のみのようだがの」

麴町谷町は番町の南の端近く、これも武家地の中にぽつんと一つだけあるような立地の町家である。ただしこちらは元飯田町とは違い、わずかな距離を隔《へだ》てただけで麹町という栄えた町家が広がっている。

「その河津屋とか申す見世も、訴えるつもりにはなってはおらぬと？」

「俗な見世というのは、扱っておる品物に裏店《うらだな》（裏長屋）暮らしの普段使いの類が多いと言うことじゃが、他にも意味があっての。まあ、表には出せないような胡乱《うろん》な品を秘かに扱っておるという噂の絶えぬ見世だと思うてもらえばよい。お上《かみ》に訴え出るようなことはせぬというのも、その噂を念頭に置けば『さもありなん』というところであろうかの」

質屋や古着屋、古物商などは盗品が持ち込まれることが多いため、お上のほうでも目を光らせ統制を掛けていた。にもかかわらず、その網《あみ》の目《め》を掻《か》い潜《くぐ》って悪事を働く者が絶えることがないのも世《よ》の常《つね》である。

「隆次郎は谷刻堂の主に見せられた岩海和尚の書画を二つに分け、その一方のみを毀損《きそん》したとおっしゃいましたな。その破いたほうと手をつけられなかったほうとに、どのような違いがあったのですか。また、河津屋なる古道具屋で隆次郎が駄目にした岩海和尚の書画は、谷刻堂で手を出されたほうと同じ類の物だったのでしょうか」

「それがの……谷刻堂で隆次郎が破いた物と手をつけなかった物、いずれにも掛け軸などに表装《ひょうそう》された物もあれば、描かれた紙っペラのままという物もあったゆえ、確かなところは判らぬ。ただ一つ言えるのは、隆次郎が手を出したのは岩海がここ半年ほどの間に筆を取ったという新しい物ばかりであり、河津屋で破かれた物もやはりそうであったと思われることぐらいかの」

描かれた時期というのは確かな分かれ目に思えるが、それにしては唐家の言い方が妙だ。眉根《まゆね》を寄せる裄沢を見ながら、やはり唐家は言葉を足した。

「ただし、隆次郎が手をつけぬほうへ選り分けた物の中にも、そうした新しい書画が含まれておったゆえ、それが破るかどうかの決め手となったとも言いかねるのだ」

「隆次郎はそうしたことについて、いまだに話をしてはおりませぬのか」

「揚り座敷に移してからは、さすがに吟味方《ぎんみかた》などからの問い掛けにも応じるようになったのじゃが、『乱心の上での振る舞いなれば、理由などはござらぬ』というのが当人の弁よ。

しかしながら牢の中での普段の立ち居振る舞い《たいふるま》にしても、雑談などを持ち掛けたときの応対からしても、とてものこと乱心しておるようには見えぬというのが調べに当たった者らの判断での」

これが謀叛《むほん》を企《くわだ》てたとか無抵抗の者を何十人も虐殺《ぎゃくさつ》した極悪人だというのならばともかく、身分ある旗本の実弟を、書画の何点かを毀損したというだけでまさか責め問いに掛けるというわけにはいかない。当人に話す気がない限り、本当の理由を聞き出すことは不可能であろう。

「毀損されたのはいずれもこの半年ほどの間に出来上がった新しき物ということですが、それを何点も保有しておったのが古物商、しかも筆を取った岩海なる坊主がお伺いしたような狷介《けんかい》な人物だとすれば、まさか谷刻堂の主が坊主当人から直接受け取ったとは考えにくうございます――おそらくは全て誰かを介《かい》して手に入れた物だと考えますが、そうであるにもかかわらず、作られた時期が新しい物だと判明しておるのはなぜでございましょうか」

「それについては、ちょうど半年ほど前から岩海が新たに落款《らっかん》を押すようになったそうでの。毀損された物はいずれも、その新たな落款が押された物であった――もっとも先ほども言うたとおり、落款が押されておっても手をつけられなんだ書画が残っておったそうだがの」

この場合の落款とは、作者が自身の作品に押印《おういん》する、己の名や雅号《がごう》などを彫り込んだ印鑑のことである。ちなみに、己の作品への自筆署名のことも落款と称される。

祐沢は、ここまで聞いてきたことにいちおう納得し、質問を変えた。

「ではその隆次郎当人についてでございますが、突然見世に訪れた隆次郎の評判を谷刻堂の主は以前より知っておって、最初は警戒していたとのお話にございますが、その評判とはどのようなものにございましょうか」

「先ほども言うたとおり今はだいぶん落ち着いたようじゃが、ほんの五年ほど前までは手もつけられぬような暴れ者であったそうな。町中で女子《おなご》の尻を追い回す、地回りや鳶《とび》などが粋《いき》がっておれば己のほうから喧嘩《けんか》を売りにいく、といった有り様での。

これは酒井家ですでに始末をつけて蓋《ふた》をしたことゆえ、この場だけの話として聞いてもらいたいが、隆次郎は当時酒井家の当主であった父の文を偽造し、札差《ふださし》を騙《だま》して百両を大きく超える金を引き出したということもあったそうな」

「引き出した金は、遊びに使ったと？」

「当時一緒に悪さを働いておった仲間連中と、飲酒《のむ》、博打《うつ》、女郎買《かう》いでみんな消尽《しょうじん》してしまったようだの。

そのころ当主であった先代は、だいぶ苦労させられたようじゃ。そのせいか、まださほどの歳でもないのに急の病でポックリとな。

隆次郎も己の振る舞いによる心労が父親の死を招いたとだいぶん反省したのであろうな。そのとき離れでの謹慎を命ぜられたのを境に、すっかり大人しくなったということじゃ」

「それが、こたび急にまた、昔に戻ったような悪さに手を染めた」

「当人の心中《しんちゅう》に何か変化があって昔の衝動《しょうどう》でも甦《よみがえ》ったか、あるいは実の兄も気づかぬような何かの出来事が身近で起こったか……」

「それを、それがしに調べよと」

「酒井家の当主忠尚殿の望みでもあるし、お目付衆も気にしておることだしの」

「いかに改心したとて昔の悪行が己の父の寿命を縮めるほどであったのなら、兄としてはこたびの一件で見放したとしてもおかしくはないと存じますが。兄にも旗本家当主としての立場があるでしょうし、今のお役が公方《くぼう》（将軍）様のお側に仕える御小納戸だということとなれば、なおさらに」

「そこは、人徳なのかのう。いまだお沙汰は下っておらぬが、忠尚殿は己の屋敷にて自ら謹慎しておるそうだがの」

お奉行の判断もあって隆次郎は牢屋敷の揚り座敷に収監されたままというが、実兄である当主が屋敷で謹慎しているとなれば隆次郎を家に戻したとしても居づらかろうという、兄忠尚の配慮も働いているのかもしれない。

家の座敷牢に閉じ込められるよりもさらに扱いは悪いはずだが、それでも揚り座敷に収監された囚人には、原則として身の回りの世話をさせるため軽罪の囚人を一人つけることになっている。食事も日に二度ながら、きちんと膳《ぜん》で運ばれた。他の牢に入れられる者らとは、全く扱いは違っていたのだ。

「訊《き》きたいことは、それぐらいかの」

「は、今のところは。後は、関わった者らに問うていくことに致しましょう」

「では、頼んだぞ」

「承りましてございます――ところで、本日は吉原の面番所へ赴《おもむ》くこととなくこちらへ参りましたが、すぐにただ今のご下命に従うべきでございましょうや」

「うむ。特段急ぎという話ではないが、吉原のほうも一日ぐらい空けたとて、いかほどのこともあるまい――それとも、何か気になることでもあるか」

「いえ、特には。ただ、当然一日で終わるとは思えませんので、今後のことが少々」

「なれば、本日よりそのままこたびの一件についてもらおうか——なに、吉原のほうで何か起これば、面番所へ手伝いに来ておる手先がこちらへ駆けつけてこよう。明日以降のことは、鳴海が他の廻り方とも相談して上手《うま》く回すよう、儂のほうから申し伝えておく」

「お手数をお掛けしますが、よろしくお願い申し上げます」

頭を下げる裄沢をその場に残し、立ち上がった唐家は「頼んだぞ」ともう一度念を押して小部屋を出ていった。

四

裄沢は町奉行所を出る前に、表門と構造を一体化させた長屋塀《ながやべい》の中にある同心詰所へ立ち寄った。市中巡回をしている廻り方より応援を要請されたときのため待機している臨時廻りに、「内与力から吉原での隠密廻りの応援について話があると思う」と告げておくためである。

ざっと事情を含めた話をした上で、裄沢はこれからどう動くべきかを考えながら奉行所を出、呉服橋《ごふくばし》を渡った。そのまま内濠沿いに北から西へと道を回り込んでいく。

谷刻堂は、元飯田町の田安稲荷《たやすいなり》の近く、中坂《なかざか》を上る手前の辺りにあった。外から見る限り、谷刻堂の佇《たたず》まいはさほど大きくは見えない。そのまま見世に入り、名乗って案内を乞《こ》うた。

隠密廻りは普段着でも勤めに支障のないことが多いが、本日唐家に呼び出された裄沢は、もし町奉行所《ごばんしょ》の中だけで用事が済むならそのまま吉原の立ち番仕事に向かうつもりだったため、町方装束《まちかたしょうぞく》を身に着けていた。さらには、同心詰所へ立ち寄ったときに十手《じって》も持ち出してきたから、見世の奉公人に疑われることなくすんなり中へと通された。

案内された客間らしき座敷でしばらく待っていると、「失礼致します」と初老の男が現れた。外出していたところを呼び出されて急いで帰ってきたのか、わずかに顔に朱《しゅ》が差し、息も上がっているようだった。

「たいへんお待たせして申し訳ございませんでした。手前はこの谷刻堂の主にて、鉢右衛門《はちえもん》と申します」

座敷に踏み込んですぐ膝を折ると、その場で手をついて挨拶《あいさつ》してきた。

「いや、突然押し掛けてきたこちらに非があるから気にせんでくれ。応対してくれた奉公人にも名乗ったが、北町奉行所の隠密廻り同心、裄沢広二郎と申す。よろしく頼む」

「隠密廻りのお役人様……」

谷刻堂の主は改めて裄沢の名乗りを聞き、眉を寄せて呟く。

「なに、そなたの見世がどうこうという話ではない。手間を掛けるが、気軽に答えてくれればよい」

穏やかな言いようをする裄沢を、それでも谷刻堂の主はどこか警戒する目で見返した。

「それで、隠密廻りのお役人様が手前の見世にどのようなご用件で？」

「心当たりはないか」

「……と、おっしゃられましても」

「ほう。そなたのところでは、見世の品をいくつも、客がわざと壊すようなことが日常茶飯《にちじょうさはん》にあるのか？」

「……酒井様のことにございますか——ですが、手前どもとしては酒井様のことをお上に訴えるようなつもりはございませんが」

「そなたのところだけの話であれば、それで済ますことができたやもしれぬ。なれどこで乱暴を働いた男は、他でも同様のことをやっておるという疑いがあるのでな」

「他に、どこかから訴えがあったということにござりますか」

谷刻堂の主が口にした問いはそれだけだったが、こちらを見返す視線の強さには「どこも訴え出たりはしておらぬはず。なのになぜ町方が出しゃばってくるのだ？」という気持ちがしっかり見て取れた。

裄沢には、少なくとも今のところ詳しい事情まで明かすつもりはない。であるから、搦《から》め手《て》から攻めることにした。

「ここで暴れた男の実の兄が、どのようなお役に就いておるかは知っておろうな」

「御小納戸だと伺っております」

「そは、公方様のご身辺近くで仕えるお役ぞ。いまだその者の屋敷で住み暮らす実弟の振る舞いを、迷惑を蒙った相手が訴え出ぬからと言ってそのまま放置しておけると思うか」

「お役人様のおっしゃるとおりならば、なぜに町方のほうからお尋ねがありますので？」

「ここに目付が参って、有無《うむ》を言わさぬ取り調べをしたほうがよかったか？」

谷刻堂の主はわずかな間裄沢と見合った後、「畏《おそ》れ入りましてございます」と頭を下げた。

目付は、この時代には役高千石格の旗本。城中で不作法があれば大名でも叱《しか》りつけるような、高い矜持《きょうじ》を誇った役職である。

このようなところへの事情聴取に目付自身が出張ることはまずないであろうから、実際にやってくるのはその下役の徒目付《かちめつけ》か小人目付《こびとめつけ》となろうが、裄沢の言うことを信じれば御小納戸のお役との関わりでの調べである。かなり厳《きび》しいものになろうことは、容易に想像できた。

「ならば、こちらの問いには答えてもらえるな」

これで谷刻堂の主は、自分に拒《こば》む術《すべ》がないことを理解したようである。

「まずは、そなたの見世で起こったことを詳しく教えてもらおうか」

そう聴取を始めた裄沢に、谷刻堂の主は酒井家の隆次郎が訪ねてきたところからの経緯を語った。その内容はといえば、唐家から教えてもらったこととほとんど違ったところはなかった。新しい事実も出てはこない。

「――と、いうような次第にございました」

「そのときやってきた隆次郎殿は、初の来訪であったとのことだな」

唐家との会話では双方ともに隆次郎を呼び捨てにしていたが、商家相手に武家のことへ言及するため、ここでは「殿」を付けて呼んでいる。

「はい。手前にとって全くの初対面のお方にございました」

「酒井家自体との付き合いは」

「この見世も古くから続いておりまして、あまり昔のこととなりますと定かではございませんが、手前の知る限りではこれまでいっさいなかったかと存じます」

「その見世に、突然隆次郎殿がやってきたと」

「はい」

「隆次郎殿は、そなたの見世で岩海和尚の書画を扱っていることを、どこで聞き知ったのであろうか」

「……はて。隆次郎様と応対しているうちに書画の話題で盛り上がり、そのうち次第に岩海和尚の書のことへ話が流れていきました。手前の見世に和尚の書画があることを持ち出したのは、手前のほうにござりました」

「それは、隆次郎殿が話をそちらへ持っていったということか」

「さて。話をしていくうちに自然とそちらのほうへ移っていったように思いますが、隆次郎様にそういった意図があったかは、手前には……」

「隆次郎殿は見せてもらった和尚の書画を二つに分け、その一方のみを破いたと聞くが」

「はい。手前が出してきてお見せした物を、どういうわけかご自身の右側と左側に分けて置かれまして。手前は、お買い上げを検討しておる物とそうではない物をひとまず分けて置いているのかと思い黙って見ておりましたが、全て見終わったところでやおら一方の纏まりのうちの一つを取り上げると、ビリビリと破ってしまわれて。

手前は何が起こっているのか訳も判らず、ただ茫然《ぼうぜん》と眺めるばかりにございました。隆次郎様が二つ目に手をお掛けになったところでハッと我に返り、慌ててお止めしたのですが、隆次郎様は手前の言葉など全く意に介することなく、そのままなさり続けたのでございます。

掛け軸に表装してある物には、わざわざ脇に置かれた刀から小柄《こづか》（当時の万能ナイフの一種）を抜き出して紙のところを幾度も裂くようなことをなされまして」

「それをやり終えた後は、逃げ出す様子もなく『町方でも目付でも好きに呼べ』と言って神妙にしておったと」

「はい」

「一方の纏まりのほうのみに手をつけたとのことだが、もう一方には全く執着《しゅうじゃく》するような素振りはなかったのか」

「はい。丁寧《ていねい》に扱って手前のほうへと返してくださいました」

「隆次郎殿が毀損したほうと手をつけなかったほうに、どのような違いがあったのか」

「……さあ、それは手前も不思議に思っておったのですが」

答えるまでの僅《わず》かな間が気になった。

「そなたにも判らぬと？」

「はい。いろいろと考えてはみたのですが——伺ったところによると、隆次郎様の周りではご乱心とのお話も出ておるそうにございますので、もしかするとそのせいかと思っていたところにございます」

「毀損されたほうは、いずれもこの半年以内に筆を取った物だそうだな」

「はい。ですが、隆次郎様がお手出しなさらなかったほうにも、半年以内の物はございましたので」

「隆次郎殿に見せた岩海和尚の書画は、全部で何点あったのだ」

「隆次郎様が破られたのが三点、手をお出しにならなかったのが二点、合わせて五点にございます」

「その内訳は？」

「隆次郎様が破られたのは、書のみを紙に書いたままの物が二点、書と墨絵のいずれも入っていて掛け軸に誂《あつら》えたものが一点。手をお出しにならなかったほうは、書のみの物を額装《がくそう》した物が一点、書と絵の両方が入った掛け軸が一点にございました」

「五点のうち四点がこの半年以内の物か」

「岩海和尚の書画は、このごろ好事家の皆様に人気が出てきておりまして。古い物となると、今はなかなか手前どものような見世まで回ってはきませぬので」

「岩海和尚の為人《ひととなり》は、それがしも聞いておる――なかなか扱いづらい者のようであるが、そなたとは親交があるのか」

「……いえ、直接には存じ上げません」

「ほう。それでいながら、よく五点もの書画を集められたの」

「偶々手に入りましたもので。こんなことは、この商売をずっとやっておっても、滅多にないことでございます」

「すると、途中誰かを介しているかはともかく、和尚より手に入れた者からそなたのところへ渡ったということよな」

「さようにございます」

「どこから、とは教えてもらえぬか」

「……手前どもの品に盗品の疑いがあるなどというなればともかく、さすがに商売に差《さ》し支《つか》えが生じかねませんので、ご容赦《ようしゃ》いただきたく」

町奉行所の威光を笠に着て無理《むり》強《じ》いすることができなくもないが、それで得られる話に大した価値はなかろうと、裄沢はあえての追及はしなかった。

「そうか。では隆次郎殿が破いた三点については、それぞれ別の相手先から入手したものかどうかは」

「はて……どうだったでしょうか。どことのお付き合いで手に入れたかざっくりとは覚えておりますが、そのうちのどれがどこからだったかまでは、申し訳ありませんが定かではございませんので」

「なるほど、そのようなものか——ところで、そなたのところ以外で隆次郎殿がこうした無法を働いたらしい見世として、河津屋という古道具屋の名が挙がっておったのだが、そなたはその見世を存じておるか」

「……いえ、手前どもとはお付き合いのないところにございます」

そう答えた谷刻堂の主を、裄沢はじっと見た。相手の表情から窺《うかが》い知れることはない。

裄沢はフッと息を一つ吐いて、背筋を伸ばす。

「聞きたいことはこれぐらいだ。わざわざ呼び出して、手間を掛けたの」

「いえ、十分なご返答ができず、真《まこと》に申し訳ございませんでした」

「後から何か思い出したことがあれば、北町奉行所へ知らせてくれ。石子さんか三上さんが回ってきたときでもよいし、使いを出すなら同心詰所に待機しておる廻り方に文でも渡せばよいようにしておくゆえ」

深々と頭を下げた谷刻堂の主へ、仕事上の真面目《まじめ》なやり取りはもう終わったと柔らかい言葉を掛けた。

「はい、思い出したことがあったときは、そうさせていただきます」

裄沢は礼を言ってその場を立った。見世の外まで、谷刻堂の主は見送りに出てきた。

別れを告げてしばらく歩き、裄沢は後ろを振り返った。もう、谷刻堂の前に見世の者の姿はなかった。

五

谷刻堂を後にした裄沢は、道なりに西へ進んで町人地を出ると、武家屋敷が建ち並ぶ一帯を抜けて牛込御門のところで外濠を渡った。そのまま神楽坂《かぐらざか》を上っていく途中の市谷田町《いちがやたまち》四丁目代地《だいち》で早めの昼を済ませる。

昼食後にさらに足を西へと延ばし、通寺町に着いた。目的とする場所は、門前町を備えた寺院の背後にある小さな寺だった。

訪《おとな》いを入れて出てきた小坊主に案内され、まずは納所《なつしよ》（寺院の事務所）で寺の住職と会った。そこで簡単に断りを入れ、本堂脇の僧坊《そうぼう》というのか宿坊《しゆくぼう》と呼ぶのか、ともかく住職らが住まいとする建物に向かう。

この寺に居候する岩海和尚が起居《ききよ》するのは、僧坊でも本堂の反対側のはずれにある離れであった。住職によれば、ここは先代住職がお勤めから離れて余生を過ごした場所だったとのことだ。

「御免。岩海殿はおられるか」

案内するというのを断り一人で離れの前までやってきた裄沢は、戸に手を掛けることなく中へと呼び掛けた。

「誰じゃ」

嗄《しわが》れた声で応答があり、戸口ではなく座敷の縁側《えんがわ》のほうから男が顔を出した。背は人並みだが肩幅が広く肉もつき、浅黒い顔のギョロリとした大きな目玉を裄沢へ真っ直ぐ向けてくる。

僧服を身に着けていなければ、まるで荷車の後押しでもしていそうな力仕事の日雇取《ひようと》り(日雇い人足)に見えただろう。

「岩海殿にござろうか」

「それを知っていて、ここを訪ねてきたのであろう」

ぶっきらぼうな返答が投げつけられてきた。

裄沢は気にかける様子もなく続ける。

「それがしは北町奉行所の同心で、裄沢広二郎と申す。少々伺いたきことあって参上した」

「フン、町方というのはその身形《みなり》を見れば判るわ。この生臭《なまぐさ》を召し捕りに来たと申すのなら、とんだ心得違《こころえちが》いぞ。なにしろこれでも、いちおうは僧籍にある身だからの」

「別に御坊《ごぼう》をどうこうしようということではない。言うたように、少し話が聞きたいだけだからの」

「だから、料簡違《りようけん》いだと申しておる。お上より坊主に問いたいことがあるなれば、寺社方（寺社奉行所）が来ねばならぬであろうが」

岩海の人柄については、先ほど挨拶した折にこの寺の住職からも聴取している。

裄沢に対し冷たくあしらうようなもの言いをしているのは、ただ町方と関わり合うのが面倒だというだけであろう。お上の権威を笠に着たり、目の前に小判を積み上げたりという行為には嫌悪《けんお》と反感を覚える人物だということだ。

それでもめげずに媚《こ》びへつらってくるような人物は、以後いっさい寄せつけないと言われたこともあり、なるべく穏やかなもの言いをするよう努《つと》めるのはやめて、あえて理屈を並べてみた。

「この寺だとて、檀家《だんか》のうち少なからぬ者は町人であろう。その檀家が家のことや暮らしのことで相談に来たときに、寺だけでは解決がつかぬような中身であれば、住職はここを持ち場とする廻り方へ話を持ち掛けるはず。寺の中で、町人同士が諍《いさか》いを起こした場合も同様だ。なれば、付き合いは寺社方に限るというわけでもあるまい」

「生憎《あいにく》と、愚僧《ぐそう》は住職《てらもち》でもなければ、愚僧に檀家がおるわけでもない。やはり、お門違《かどちが》いじゃの」

「そうか。僧籍を持ち寺に住み暮らしていながら死者の冥福《めいふく》を祈ることもせぬ坊主もおれば、寺社地に足を踏み入れていろいろと聞き回る町方もおるのがこの世の有りようだと思うておったが。住職も、それがしと考えを同じくするゆえこの離れを教えてくれたと考えたのも、心得違いであったかの。なれば、出直そうか」

裄沢があっさり退《ひ》き下《さ》がる様子を見せると、その背に「待て」と声が掛かった。

「坊主として町方の問いに答える気はないが、居候へものを問うのに家主殿《いえぬし》の了承を得たとなれば話は別じゃ。茶も出せぬが、聞きたいことがあるなれば、こっちへ来て腰を掛けるがよいわさ」

言い捨てて部屋の中に引っ込んでしまう。

口にしたとおりの理屈からなのか、あるいはこちらがあっさり帰る様子を見せたがために、心変わりしたひねくれ者なのかは知らぬが、話ができるなれば突《つ》っ撥《ぱ》ねるつもりはない。裄沢は誘いに応じて狭い中庭へ踏み入り、濡《ぬ》れ縁《えん》に腰を下ろした。

縁側から見える座敷の中は四畳半ほど。他にも部屋はあるのか、万年床《まんねんどこ》が敷きっ放し、などということはない。案外と、片付いている様子だった。

岩海はどっかりと腰を据《す》え、部屋を観察する裄沢を見ていた。

「して、檀家も持たず経も読まぬような似非坊主《えせぼうず》に、いったい何の用だ」

あまり目に見える態度は変わらずとも、自分を迎え入れるところまで相手が譲歩したのを受け、裄沢は口調を和《やわ》らげた。

「御坊の手になる書画《しゅせき》は、近ごろ世間で評判だと聞き及んでおりますが――」

「そなたも、我が手跡を求めてこんなところまでノコノコ足を運んできたか。ならば帰れ。そなたのような者には反古紙一枚与えるつもりもないわ」

冷たいもの言いでの切り返しからは、期待したのが誤りだったかと落胆《らくたん》する気持ちが覗《うかが》えた。自分を煩《わずら》わせる手合いに付《つ》き纏《まと》われすぎて、ウンザリしている感情が声に滲《にじ》み出ている。

それに応じて裄沢の口調も変化する。

「それがしが参ったのは、あくまでもお役目の上でのこと」

「フン。上役にでも命ぜられたか、それとも立身のためのご機嫌取りかの」

「お役目の上でと申したはず。上役への贈答や賄賂《わいろ》の品を他に求めることは、町方の仕事には含まれておらぬ」

「……で？」

「このごろ御坊の書画がそこその値で売り買いされているのはご存知か」

「くだらぬ。愚僧の悪筆や落書きをありがたがるような物好きがいたとて、こちらの知ったことではないわ」

「わざわざ商家を訪ねてそれを見せてもらいながら、毀損した者がおったとしても？」

「あまりの下手さに腹でも立てたのであろうよ」

「一度だけで済まさずに、他の見世でもやっておったとしてもか」

「……愚僧がどこかで恨《うら》まれておると？」

「心当たりがお有りか」

「はてな。かように無為徒食《むいとしょく》をしておる坊主を疎《うと》ましく思うておる者が何人おったとて不思議ではないが、わざわざそんなことまでして自身の評判を落とす馬鹿がいるものかの」

「旗本酒井家の隆次郎という男のことはご存知か」

「酒井隆次郎？……名を聞いたこともないが」

困惑する表情は、嘘《うそ》をついているようには見えなかった。

「その酒井隆次郎とやらいう旗本が、さようなことをしたと？」

「隆次郎自身は旗本家の当主ではないがな」

裄沢をじっと見返す岩海は、口を閉ざしたままだった。裄沢は相手から視線をはずし、部屋の中へ目をやる。

意外に片付いた部屋の隅には、文机《ふづくえ》が一つ置かれていた。裄沢が訪ねてきたときには筆を取っていなかったのか、乾いた筆も硯《すずり》も畳《たた》まれた布の上に並べられているだけだが、そこに蜜柑《みかん》より二回りほど小さい、硬質そうな緑色の塊《かたまり》も置かれていた。

「あれは、翡翠《ひすい》にござろうか」

裄沢の視線を辿って背後を振り返った岩海は、身体《からだ》を戻してから問いに答えた。

「机の上のあれか？　何の石かは知らぬが、さような値の張る物ではあるまい」

「値を知らぬとは、貰《もら》い物《もの》か？　ただの置物か文鎮《ぶんちん》代わりかは知らぬが、気に入っておるから日ごろ使っておる物の近くに置いているのであろう」

「あれは置物でも文鎮でもない。印判《はんこ》よ」

「ほう。あれが落款とかいう物か」

「書画の類について、全く無知というわけではないようじゃの」

「これでも、お上から探索御用を命ぜられる身だからの」

「フム。まあ、お察しのとおり貰い物じゃ。己であのような物を購《あがな》える暮らしはしておらぬからの」

「御坊は半年ほど前から、自身が筆を取った書画に落款を押すようになったと聞いておるが」

「愚僧のような似非坊主のことまで、よう調べておるのう——まあ、町方がさほどにヒマだというのは、世の中にとって善《よ》きことなのであろう。

確かに、あれを使うようになってから、半年ほどにはなるか。貰ったのはもう少し前、要《い》らぬというに押しつけて帰った者がおっての。使うつもりもなく放り出しておったが、それからいろいろとあってのう」

「いろいろ？」

「まあ、そなたが口にした、愚僧の落書きでも欲しがる物好きがいるとかいないとか、そういった話よ」

岩海の書画について、争奪なのか何なのか、ともかく何らかの騒ぎはあったらしい。

「しかし、落款を押すということは、他人に渡しもしておるということよな。御坊の応対を見る限り、さようなことはしそうにないと思えたのだが」

「ここを訪ねてくる者は、別にそなたのような愛想なしばかりではないわ。中にはもっときちんとした、好人物もおるゆえな」

「まあ、礼儀をきちんとわきまえた人格者に、なかなか町方などは勤まらぬからな」

岩海が口にした皮肉を、裄沢は憤《いきどお》るでもなくあっさりと肯定した。ニヤリと笑った岩海が続ける。

「書けば書いただけ落款を押しているわけではないぞ。手遊《てすさ》びで好き勝手にやっておるだけだが、それでも中には、己で『これだ』という物が書き上がることがある。そういったときだけは、押すようにしておるの——そうでない物は反古として、今はみんなこの手で燃やしてしまう」

今は自分で処分することにしているということは、やはり何かがあったために反古の始末の仕方を変えたということだと思われた。

「そして落款を押した書画は、手放すこともあると」

「このようなところに住まわせてもらってはおるが、愚僧はただの居候じゃ。手許に残してなどおけまいよ。かといって、燃やすのは惜しいと思うてしまう出来の物もあるでの。そういった物に落款を押しておるのじゃが、手許に残しておいても邪魔になるばかりだが燃やすのも惜しいとなれば、愚僧のような煩悩塗《ぼんのうまみ》れの似非坊主、迷いも生じようというもの。

そんな折に、かような虚《うつ》け者《もの》の手になる品でも欲しいと言う者があれば、くれてやってもよかろうと思うた次第――まあ、金に目が眩《くら》んだ欲深《よくぶか》などは、不愉快ゆえそばに寄せつけはせぬけれどもな」

黙って聞く裄沢に言葉を続けた。

「ただし渡す相手は、それなりの礼金を寺に置いていくような者をできるだけ選ぶようにしておる。愚僧のように何の役にも立たぬ者をただ置いておくだけでも、飯代その他で費《つい》えは嵩《かさ》んでおろうし、そのくらいはせぬと住職《家主殿》に申し訳が立たぬからな。まあ、ここの家主殿は生真面目《きまじめ》なお方での。余りが出れば懐《ふところ》に入れてしまえばよいものを、やれ紙だ、墨だといろいろと持ってきてくれるからの。お陰で、以前と比べてずっと不自由なく手遊びができるようになったわ」

最後は剽《ひょう》げて笑って見せた。

「さようか――いや、お手間を掛けた。それがしの聞きたかったことは以上にござる。今後御坊を煩わせるようなことはできるだけせぬように勤めるゆえ、本日のことはご容赦願いたい。

では、これにて御免」

頭を下げた裄沢へ、岩海は独り言のようにぽつりと呟く。

「ホンに、愚僧の書を求めるようなことは口にせなんだの」

「それがしには、そういった物についての素養《そよう》はないゆえ。仮に頂戴したとしても猫に小判、持て余すだけにござれば」

「それでも売れば、それなりの金になることは知っておろうに」

「禄《ろく》はお上から頂戴しておるゆえ、食うには困っておりませぬからな」

そう言ってもう一度軽く頭を下げ、裄沢は岩海和尚の前を辞去《じきょ》した。

六

「いかがにございましたかな」

離れを後にした裄沢の前に、一人の男が立った。袈裟《けさ》を着た痩《や》せぎすの男は、先ほど挨拶を済ませたこの寺の住職だった。

気難《きむずか》しい岩海和尚から裄沢が上手く話を引き出せたかを案じて、納所のほうから様子を窺っていたのであろう。

「思ったよりはすんなりといきました。お気に掛けていただき、ありがとうございます」

裄沢の返答に、住職は安堵の表情を見せた。裄沢の仕事が上手くいったことを確かめられたからというよりは、岩海が町方と無用の衝突を起こさなかったことについてであろうと裄沢には思えた。

「それなりに噂を集めてからやってきたつもりでしたが、どうも聞いた話とは少々違っていたやに感じました」

「ほう、そうですか」

岩海の印象を語った裄沢に、住職はやや意外そうな顔をした。

「自分に阿《おもね》ってくるような者は警戒して寄せつけないものの、対等にやり合える者だと見なせば真っ当に扱ってくれるお人のように思えます――あるいは以前、どこまでも持ち上げてくるような人物にかなり酷《ひど》い目に遭わされたような経験がお有りなのかもしれません」

「さようでしょうか……」

「もう一つ、どこまでも懐深く迎え入れてくれるようなお人へは、すんなりと心を開くような御仁にも感じられましたが――ご住職は最初のころ、岩海殿より試されたようなことがあったのでは」

「……なるほど。裄沢様のおっしゃるとおりなのかもしれませんな」

「ゆえに、一度心を赦《ゆる》した相手だと、以後は警戒心なく付き合ってしまう――普通の者より騙されやすいお方かもしれません」

住職は頷きながら、「確かに、そうかもしれませんな」と同意した。

「ところで、岩海殿はこのところ人に渡す書画には必ず落款を押しているとか」

「はい――実は、岩海殿が書き散らした反古を本来燃やすべきところ、寺男が金を貰って横流ししていたということがござりましてな。その者はすぐに辞めてもらったのですが、『捨てるつもりの不出来な物が出回るとは』と岩海殿がえらい剣幕《けんまく》で怒り出されまして」

「それはまた、災難でしたね」

思いも掛けぬ有益な話を聞き出せたが、裄沢は問おうとした本題へ話を戻した。

「ところで、岩海殿はその落款を半年と少し前にどなたかから貰ったとのことでしたが」

「ええ、そうらしいですな。拙僧《せっそう》も、珍しいことをするお方もいるものだと少々驚いたのを憶《おぼ》えております」

「ああいう品は、あまり人から貰うような物ではない？」

「ええ、人それぞれで好みもありますし、たいていは自分で作らせるのではないでしょうか。もっとも、弟子が一本立ちするときに師が贈るようなことは普通にあるでしょうけれど」

「まさか、岩海殿の場合はそういうことではないでしょうからね——ご住職は、誰からの贈り物かはご存じない？」

「ええ。まあ寺というところ、特にこのような小さな寺は、朝から日暮れまで門は開きっ放し、誰でも出入りできますからな。岩海殿ご自身が拒まぬ限りは、拙僧らの目につかぬところで誰と会っておっても不思議ではありませぬ」

「岩海殿の書画が欲しくて寄ってくるような者に、迷惑されていたとも伺いましたが」

「それもいっときのことで。当時は拙僧らも気をつけてはおりましたが、岩海殿のお人柄が知れ渡るにつれ、そういうことも段々になくなって参りましたので。なにしろいったん嫌われてしまうと、失敗《しくじ》りを取り返そうと何をやっても挽回《ばんかい》できぬというお人が、それこそ何人も出ましたからな。なれば下手に直接関わり合うより、気に入られた者を通じて欲しい物を手に入れたほうが確実だということになりまして。

それも、先ほど申し上げた寺男の一件からは難しくなってしまったようですが。そうしたこともあって、岩海殿の書画の値がまた上がっておるという噂も耳にしております」

「ご住職の知っておられる限りで結構ですから、この一年ほどの間に岩海殿が親しくしておる方々のお名前を伺えましょうや」

本来ならば当人に訊けと言われるところであろうが、住職も岩海の気性は十分知っている。記憶を辿りながらポツリポツリと数人の名を挙げ、それぞれどのような生業《なりわい》をしているかといったことも付け加えてくれた。

裄沢は矢立《やたて》から筆を取り出して、腰に下げていた手控え《てびか》(備忘録・メモ帳)に記していった。

「なるほど。ずいぶんとためになりました。ありがとうございました」

「お上のお仕事のお役に立てたのならば幸いにございましたが……何やら岩海殿の書いた物を破いて回っている者がおるとのことですが、岩海殿ご自身に危害が加えられるようなことはありませんでしょうか」

住職は、無論のこと岩海の心配もしているのだろうが、それ以上に暴漢がこの寺に押し入ってくるようなことを怖れているのだろう。

「今のところそこまでの心配は無用だと考えております。なにせ、そうした振舞いをした者はすでに小伝馬町の牢屋敷に入っておりますしな。

それでももし何かありましたら、それがしでも、あるいは近くの肴町《さかなまち》や付近の寺の門前町などへ回ってくる北町の廻り方にでも、相談してもらえれば大丈夫ですから」

咎人《とがにん》はすでに捕らえられていると聞いた住職が、裄沢の話の途中で明らかに安堵の表情を見せた。

「そうですか、判りました。なにぶん、よろしくお願い申します」

「では、それがしはこれで」

「お勤め、ご苦労様にございます」

住職の見送りを受けながら、裄沢は山門を背にした。


寺を出て通寺町の大きな道に出た裄沢は、左右を見回した。

まだ陽《ひ》は高く、これより真っ直ぐ町奉行所《ごばんしょ》へ戻っても夕刻までは間がありそうだ。

——しかしながら、本日足を向けられる先はこれぐらいか。

そう判断して、道を返すことにした。

途中でふと思い立ったことがあり、肴町の番屋まで戻って場所を借りた。そこで少し書き物をして、礼を言って出る。

外濠を渡って牛込御門を潜《くぐ》れば、目の前にあるのは武家屋敷ばかりとなる。御番所へ帰るのなら道は東を目指しつつやや南へ寄っていき、内濠の外側をぐるりと回る格好になるのだが、裄沢はほぼ真っ直ぐに南へと歩み出した。

戻る前に、もう一件寄るべきところを思いついたからだった。

七

翌日。御番所を出た裄沢は、前日と同じく内濠沿いの道を西へと歩いていった。

本日向かう先は、谷刻堂で岩海和尚の書画を毀損した隆次郎の、実家である酒井家。岩海和尚が居候する寺を出て番屋で文《ふみ》を認《したた》めた裄沢は、その足で酒井家の屋敷まで出向き、門番に預けていったのであった。

当北町奉行所へご依頼の件につき、一度お話を伺いたし。ご都合のよろしい日と刻限をお知らせくだされば、いつにても向かい申すべく候《そうろう》。

突然の連絡への謝罪や自己の立場を書き連ねた後、本文にそう記して文末に己の名を添えたのだ。

当主で隆次郎の実兄である忠尚は現在、己の屋敷にて謹慎中とのことだったから、そう待たされることなく会えるだろうと思ってはいた。しかしその晩のうちに返事が来て翌日の面談を指定されたのは、少々予想外であった。

御小納戸で大筒方を勤める酒井家の屋敷は、広い番町のほぼ中央部、表六番《おもてろくばん》丁《ちょう》の通りに面していた。

刻限は四つ（午前十時ごろ）。江戸城では北町のお奉行が登城して己の座るべき席に落ち着いたかというところだ。訪いを入れたのに応じて案内に立った家士《かし》（家来）に従い、屋敷の中へと通された。

しばらく待たされることを覚悟していたが、案内された客間らしき座敷には、すでに一人の男が待っていた。

「失礼致します。北町奉行所隠密廻り同心、裄沢広二郎と申します。このたびは急なお願いに快《こころよ》く応じていただき、感謝致しております」

「よくぞ参られた。身共《みども》が当家の主、酒井忠尚にござる。それに、礼を言うのはこちらです。なにしろ本来のお役目にない武家のことで調べをしてもらっておるのですからな」

酒井家の当主忠尚は、六百石の旗本という身分でありながら、足軽格《あしがる》でしかない上不浄役人《ふじょうやくにん》と蔑《さげす》まれる町方の同心へ、気さくな声の掛け方をしてきた。ぎこちなさが全く感じられないところからすれば、頭を下げて頼まざるを得ない立場だから無理に下手《したて》に出ているというわけではなく、これがこの男本来の性分なのであろう。

しかし、己の弟がしでかしたことに、だいぶ心を痛めているようだ。目の下にははっきりと隈《くま》があり、頬《ほお》の辺りがやつれて見えるのも、もともと痩せているのが理由というわけではないと判る。

「ではさっそくですが、こたびの件についてお話を伺えましょうや」

裄沢がそう切り出すと、忠尚は眉間《みけん》に深い縦皺《たてじわ》を刻んだ顔で頷いた。

「こたびのことは身共にとり、まさに青天《せいてん》の霹靂《へきれき》と言えるほどの仰天事《ぎょうてんじ》であった」

忠尚は何ごとかに耐えるように宙へ目を据え、語り始めた。

「その日身共は非番であったが、用人が青い顔をして現れ、ことの次第を伝えてきた。そのときの身共は、耳から入ってくる言葉は理解できても、まるでどこかの絵空事《えそらごと》としか思えぬ有り様でな。

しかし、当家の筆頭用人がそのような戯《たわ》けた冗談を口にするわけもなし、なれば何かの間違いであるはずと自分に言い聞かせておったのだが、同じ知らせが次々と舞い込み、町方より隆次郎の身元の問い合わせまで来れば、もう呆《ほう》けておる場合ではないとさすがに肚《はら》が決まった。

家士を大番屋へ確かめに行かせたところ、弟の隆次郎で間違いなかったとのこと。出向いた家士は、なぜにそのようなことをと弟に問うたそうじゃが、隆次郎からはまともな返答はなかったと申す。何が何やら、果たしてこれからどうすればよいのか、身共は全く頭が働き申さなんだ」

じっと話を聞いていた裄沢は、ここでそっと口を挟んだ。

「真に不躾《ぶしつけ》なことをお尋ね申します」

見返してきた忠尚は、今行っている述懐《じゅっかい》が独り言ではなかったのにようやく気づいたような目で、裄沢を見返してきた。

「何であろうか。そこもとの調べに役に立つことなれば、何でも聞いてくだされよ」

話を遮《さえぎ》られた忠尚の寛容《かんよう》な返答に頭を下げてから、裄沢は口を開いた。

「失礼ながら、若きころの隆次郎殿は、とてものこと品行方正と呼べるような振る舞いをなさってはおられなかったと聞いております。なんでも先代様――ご兄弟おふた方のお父上は、すんでのところで匙《さじ》を投げかけたほどだったとか。ところがご当主の今のお話を伺っていると、ご当主は隆次郎殿の有りようについては深く信頼をなさっているご様子。このごろの隆次郎殿は以前の態度を改め、慎み深くお過ごしなされていたとも耳にしてはおりますが、それでも正直に申し上げれば、奇異に感ずるのを否《いな》めません。

これも甚《はなは》だ失礼な言い方にはなりますが、昔箸《はし》にも棒にも掛からぬほどに手のつけられぬ振る舞いをした者については、いったん改心したように見えたとて再び同様の行いあれば、『ああ、やはり』といった感情を持《た》たれるのが世の中の有りようにございましょう。改心してより十五年も二十年も経ってからでしたら、『まさか』と思われるお人のほうが多くなるやもしれませぬが、隆次郎殿についてはまだ五年やそこいらのはず。

お家の事情もお有りでしょうから是非にとは申せませぬが、こたびの隆次郎殿の振る舞いが思いも及ばぬことだったというのなら、なぜそのようなお気持ちになられたのかお教えいただければ幸甚《こうじん》に存じます。それを知ることが究明の一助になるやもしれませぬ。もしできるようでしたら、お明かし願えればと思うのですが」

自分に話し掛ける裄沢の顔を見ていた忠尚は、視線を落とすとわずかの間考えてから顔を上げた。

「これは我が家の恥になることゆえ今さら表に出すつもりは毛頭《もうとう》なかったのだが、こたびの隆次郎の振る舞いについて身共がなぜ信じられぬ思いでいるのかは、確かに昔何があったかを聞かねば理解はできまい。また、その理解なくして隆次郎がかような騒ぎを起こすに至った心境を究明できぬやもしれぬというのも、また得心《とくしん》のできる話。

当時は特に隠し立てされていたというわけでもなく、どうせ少し調べればすぐ判ることとなれば、望みに従いお話し致そう」

「ご決断に感謝します。またこの場で耳にしたことを、ご当主様のお許しないまま この探索に関わりのない者の前で口にすることは、いっさいないとお約束申し上げます」

頭を下げて誓った裄沢に、忠尚は一つ頷いてから言葉を紡《つむ》いだ。

「隆次郎の不行跡《ふぎょうせき》が目立つようになったは、今から十年ほど前からのことになるそうな。ただしそれは、隆次郎に因由《いんゆ》（原因）のあることではないし、隆次郎が責められるべきことでもない――責めを負うべきは、むしろ身共だ」

吐露《とろ》する忠尚を、裄沢は表情を変えることなくただ見ているだけだった。

「身共と隆次郎の下にもう一人弟がおることはご存知か」

「はい。庶子の方がおられて、すでに他家に養子に出ておると聞いております」

「うむ――先ほど身共は、隆次郎の不行跡が始まった時期について、『十年ほど前からだそうな』と口にした。つまり直接には見ておらず、他からの報《しら》せで初めて知ったということよ」

疑問を浮かべる裄沢に、理由が告げられる。

「その時期身共は、山田奉行《やまだぶぎょう》配下の与力として伊勢《いせ》の地に在《あ》ったからの」

「！　それは……」

伊勢国度会郡《わたらいぐん》に置かれた山田奉行は、江戸に町奉行が二人いるのとは違い一人だけ任じられるお役で、伊勢神宮《いせじんぐう》の警備・修繕や近辺にある御支配所《ごしはいじょ》（幕府直轄領）の管理、近海を航行する船舶の監視などを任とした。奉行の補佐役である支配組頭《はいくみがしら》は奉行同様江戸から派遣されるが、組下の与力同心は原則全員が地役人《じやくにん》（現地に根を張る世襲の役人）である。

一方、御小納戸に推挙《すいきょ》されるような人物は本来、家柄のいい者であって、遠国《おんごく》奉行（長崎奉行や山田奉行、京都町奉行などの総称）やその補佐をする支配組頭などとして赴任《ふにん》するならばともかく、地役人が就くべきお役のために遠方へ行かされるなどといったことはまずなかった。もしあるとすれば当人が左遷《させん》されたときぐらいであろうが、父親の跡を継いだとたんに御小納戸に任ぜられるような者が、出世街道からはずれていたわけがない。

裄沢が絶句したのは、こうした理由からである。

「当時はまだ先代――我が父が当主であっての」

裄沢も所属する、町方役人のような抱《かか》え席《せき》（公式には一代限りの奉公とされる身分。子が家を継ぐときには、形式上は新規採用の形が取られる）の場合は、家を継ぐことと父の勤め先の与力・同心といった身分を継承することが同義であるから、父の勤め先に無足《むそく》（無給）見習《みならい》で入ることから仕事を始める。

しかし幕臣として、より一般的な存在である譜代席《ふだいせき》（家臣としての家の継承が公式に認められている身分）の場合は、勤務経歴を重ねるうちに、出世する者はお役も勤め先もどんどんと変わっていくことになる。父の勤める組織とは全く異なる場所での勤めとなることが、ごく当たり前にあったのだ。

だがもしそうだとしても、きちんとした家柄の正統な後継者である上、後に御小納戸に抜擢《ばってき》されるような人物が、本来現地に住まう者が就くようなお役のために遠隔地へ行かされるということなど、とても考えにくい。誰か（おそらくは忠尚の父親）がかなり力を入れた工作でもしなければ、このような人事が発令されることはあり得ないのだ。

そうした裄沢の反応には意を向けることなく、忠尚は淡々と話を続ける。

「他家へ養子に出た身共や隆次郎の弟だがの、これは父の妾《めかけ》の子だ。身共と隆次郎の母上――父の正妻であったお方が病で亡くなってすぐに、母親とともにこの屋敷へ移って参った。父は……下賤《げせん》な言葉で言えば、屋敷に引き取った妾にぞっこんでの。縁戚《えんせき》の手前後妻《のちぞえ》にまではできなんだようだが、そのせいもあってか妾が産んだ子を目に入れても痛くないほどに可愛がった。

それで、身共がわざわざ伊勢の地の下役に出されたという意味が判ってもらえよう」

問い掛けてきた忠尚へ、裄沢は韜晦《とうかい》することなく答える。

「庶子である三男を、跡継ぎに据えるため……」

忠尚は頷いた。

「そのためには、長子であり正妻の子である身共は邪魔だ。そのまま伊勢へ置き捨てにするつもりだったかどうかは知らぬが、父が急の病で亡くなることなくば、養子かどうかはともかく外に出されたのは身共のほうだったであろう」

「その前に、お父君は亡くなられた……」

「まあ、そうとも言える」

八

言い方の曖昧《あいまい》さに裄沢が疑問を覚えた顔をすると、忠尚は言葉を続けた。

「身共が遠国での勤めで家のことをどうにもできずにいるうちに、己の思いどおりにことを為《な》そうとする父を止めたのが、隆次郎だった」

「それは……」

「隆次郎は、それまで顔ぐらいは見知っておってもほとんど親交のなかった破落戸《ごろつき》のような旗本の小倅《こせがれ》らと連《つる》みはじめ、一緒に悪さをするようになった。酒を出すような見世で乱暴を働いたり、そこいらを歩いているやくざ者に喧嘩を吹っ掛けるようなことはもとより、強請《ゆす》り集《たか》りや騙《かた》りのようなことにまで手を出したという。

身共の聞いた話では、我が家と付き合いのある札差を騙し、大金を引き出したこともあったようだ」

札差の一件は唐家からも聞いていたから、当時はかなり噂になったことだったのかもしれない。無論のことこのような醜聞《しゅうぶん》を表沙汰にはできないから、当時の酒井家の当主である忠尚らの父は、生じた損害を自身の負担で埋めたのであろう。

「長子であったそなた様を、山田奉行配下の与力に出してしまわれるだけの手蔓《てづる》があったお方であれば、往時《おうじ》の隆次郎殿を大人しくさせる手立ても十分取れたのではございませぬか」

「これが隆次郎だけのことであれば、そなたの申すとおりであったろう――だが父は、その前に長子である身共を、家柄にそぐわないようなお役で遠国へ追いやっている。その上で隆次郎まで他家へ養子に出したり、縁を切って放り出したり、あるいは座敷牢に閉じ込めるようなことをすれば……さすがにその上で妾の産んだ三男坊を跡継ぎに据えるのは、外からどう見えるかを考えればとてもできないことであったろうな」

そのような無理をすれば、跡を継がせた三男坊にも悪評がつき纏うことになる。いかに家柄がよくても、先々の出世は見込めまい。そしてそれ以前のこととして、親戚筋が黙っているとも思えない。

忠尚の処遇については好き勝手をした先代であっても、やれることには当然限度があったということになろう。

「隆次郎殿は、それを見越してあえて無頼《ぶらい》のまねをしておられたと」

「先代は身共を江戸に戻すつもりはない、かといって隆次郎の不行跡はやめさせられない、妾の子である三男坊をどうにかしたくともこのままでは手をつけられないと、手詰まりになっての。

そうこうしているうちに当人が急の病を発して、ろくに遺言《ゆいごん》も残せぬまま身罷《みまか》ってしまった。ゆえに身共が急遽《きゅうきょ》江戸へ呼び戻され、酒井の家を継ぐことになった次第」

親戚たちがまともであれば、当然の成り行きと言える。

一つ息を継いだ忠尚が、また話し出した。

「以後の隆次郎は、それまでの行状《ぎょうじょう》はいったい何だったのかというほどガラリと変わったようだ。久方ぶりに身共と対面したときには、もう昔のとおりの弟であった。

　気になどせずにどこへでも好きに足を向ければよいものを、ほとんど離れに引き籠もったまま外へ出ようともせぬ。以前に連んでいた悪童連中とも、付き合いはぴたりとやめてしまった。それがもう何年も続いておるともなれば――身共が以前の隆次郎の不行跡をあえて行っていた芝居と申す意味は、判ってもらえようかと思うが」

「なるほど、ご当主様のおっしゃる意図は得心申しました。ゆえに、先方が求めてもいないにもかかわらず、酒井様は見世で出た損害を償《つぐな》いたいと申し出ておられるわけですな」

　忠尚は一つ溜息をつく。

「あれが身共のことを想うて、やりたくもない悪行に手を染めている間、身共はその理由《わけ》も知らぬまま遠い土地でやきもきしておるだけであった。勝手な言い分だが、どうにかできる力を得た今なればこそ、隆次郎の瑕《きず》となるような話はできる限り打ち消しておきたいと思う。お手前方には余分な苦労をお掛けして申し訳ないが、よろしくお願いしたいと存ずる」

　忠尚は遠い伊勢の地で、便《たよ》りに認《したた》められたわずかな文言から偲《しの》ばれる弟のことを案じつつも、自身の先行きについてはもう諦《あきら》めていたのかもしれない。その後思いも掛けぬ急展開があって江戸へ舞い戻った忠尚は、ようやく弟の真意を知るに至って愕然《がくぜん》としたのであろうか。

こたびの一件で弟を見放すことなく、むしろ背後に自分のときと同じように何らかの事情があったはずと信じているからこそ、町方に調べを依頼してきたのだ。その根底にあるのは、家を継いだ自分が何もできぬまま弟に憎まれ役を演じさせてしまったという罪悪感かもしれないが、口にする言葉の端々《はしばし》からは兄弟としての情もしっかりと感じられた。

己が受け持つことになった調べに対し、ただ仕事だからという以上の意欲がようやく湧いてきた気がした。

「それで、こたびの隆次郎殿の振る舞いについてですが、ご当主には何か思い当たることはございませぬか」

忠尚は沈痛な面持《おもも》ちで首を横に振る。

「それがいっこうに。実の弟のことなのに、真に情けない限りではあるが」

「以前にこうした振る舞いをしていたころは、悪童と覚《おぼ》しき直参《じきさん》（幕臣）らと連んでいたとのことですが、こたびもそうした連中と一緒になっているということは」

「そうした付き合いはもうないと聞いておるが」

「こちらで付き合うつもりがなくとも、向こうに何らかの魂胆《こんたん》があって、無理矢理巻き込まれたということも考えられはしますので」

「隆次郎はほとんど外へ出掛けることもないし、そうした報告も受けてはおらぬが……」

そう独りごちた後、忠尚は「誰かある」と声を上げて人を呼んだ。

お呼びでございますか、と現れた侍は、おそらくこの家の用人であろう。忠尚から問われた男は、わずかに考え込んだ後、口を開いた。

「手前の知る限り、ここ数年、隆次郎様がそのような者らと付き合っておるようなことはなかったかと。また、先方より手紙などを寄越《よこ》したとしても、手前の目に触れることなく隆次郎様のお手許に届くことも、ほとんど考えられぬかと存じます。

ただ――」

何かを言おうとして口ごもった用人へ、忠尚は「ただ、何だ」と先を促《うなが》した。

「は。だいぶん前のことになりますが、隆次郎様と昔付き合いがあった者が一人、訪ねてきたことがございました」

「それは、昔の悪さ仲間か」

「……はい、そのうちのお一人かと」

「身共は聞いておらぬが」

「その折、隆次郎様は墨をお求めに出掛けておられまして」

「で、やってきた者を追い返したのか」

「それが、居留守《いるす》を使《つこ》うておるのではと強引に上がり込まれまして。居《お》られぬことをご自分の目で確かめられたのですが、意地になったのか『しばらくここで待たせてもらう』とおっしゃり隆次郎様のお部屋に居座られました。が、ほどなく諦めてお帰りになりましてございます」

「その間お主は、ずっと相手に張り付いておったのか」

「いえ、それは……手前も急ぎの仕事を抱えていたものですから、代わりの者を呼ぶ間、わずかに目を離したときはございました。ですが、そのときのことは隆次郎様に申し上げておりますけれど、別段何のお話もございませんでしたのでそのままに……気のつかぬことで、真に申し訳ございませんでした」

用人は、主に対し深々と頭を下げた。裄沢が、脇から遠慮がちに言葉を発する。

「そのときやってきたという者の名を憶えておられますか」

用人は主の顔を覗うようにしたが、その忠尚から「お答えせよ」と命ぜられて問いに応じた。

「確か、二百何十石かのお旗本、高安《たかやす》様だったかと」

「高安直三郎《なおさぶろう》。隆次郎が悪さをやっていたころの仲間の一人だったが、今は家を継いで一家の主となっておるはずだ」

そう補足してくれた忠尚へ、裄沢は追加の質問をする。

「そのお人も、今は行いを改めておられますので？」

「よくは知らぬが、聞こえてくる評判は芳《かんば》しからぬようだな」

忠尚は苦い顔で答え、用人も小さく頷いた。今度はその用人へ問う。

「その高安様とやらが訪ねていらしたのは、いつごろのことにございますか」

「一年近くは前のことだったかと存じますが……」

用人も、あまりはっきりとは憶えていない様子だった。

それから裄沢は、用人にもこたび隆次郎が狼藉《ろうぜき》を働いたことについて心当たりを問うたが、やはりはかばかしい答えは得られなかった。

裄沢は、大事なことを尋ね忘れていたのに気づいて追加の問いを発する。

「ところで、隆次郎殿が毀損した書画の書き手である岩海和尚について、こちらのお家や隆次郎殿と何か関わり合いがあればお教え願えましょうや」

「岩海なる書き手の御坊と当家は、何ら関わり合いはないはずだ――隆次郎については……」

視線を受けて、用人が答える。

「隆次郎様ご自身におかれましても、岩海和尚殿との直接の面識はなかったと存じます」

「隆次郎殿がご自身、その書画をお持ちだということは」

「はて――隆次郎様はご自身でも書を致し絵を描くことを好んでおられまして、それは見事なお手並みにございます。その手本として何点かの書画をお持ちでございますし、知人からお借りすることもございましたけれど……」

用人の言葉に、忠尚が付け加える。

「こたびのことがあって、隆次郎の住まう離れに知り合いの商人を入れて検《あらた》めさせたが、その中に岩海和尚の作があったとも、和尚の作を写した隆次郎の手になる書画があったとも聞いてはおらぬ」

忠尚や用人にどれだけ書画についての素養があるかは知らないが、弟があれだけのことをしでかしての検めとなれば、毀損した物の書き手の名を聞き落とすことはなかろう。

主の話を頷きながら聞いていた用人が、「そういえば……」と何かを思い出したふうだった。

「何でござろうか。些細《ささい》なことでも構いません。お気づきの点があれば、お聞かせ願いたい」

裄沢の言葉と主の視線を受け、用人は躊躇《ためら》いがちに口を開いた。

「関わりあることかどうか判りませぬし、隆次郎様ご自身の話でもないのですが……その書画のほうで気が合い隆次郎様と親交を持った者のことなのですが、その者が岩海和尚殿にお目に掛かった際に、自身で所有なさっておる和尚殿の書画の良さを口にしたところ、和尚殿からは『さような物を人に渡した憶えはない』と言われ、けんもほろろの扱いを受けたと。

まあ当人は、『変人の類《たぐい》ゆえ、何かつまらぬ言葉一つで機嫌を損《そこ》ねてしまったのやもしれませせぬな』と苦笑いをしておりましたが」

用人の言いようからすると、その隆次郎の知人というのはおそらく町人であろう。

「その書画は、間違いなく岩海和尚の作だったのですか」

「はい、そう申しておりました。なにしろ、和尚がこのごろお使いになっている落款まで入った作だということにございましたから。ところが和尚殿は、『さような文言を認めた書に、落款を押した憶えはない』と口にされたそうで」

「そのようなことが……」

裄沢は用人へ、最後に話題に上った隆次郎の知人の名や住まいを訊くとともに、酒井家の当主忠尚も含めて、かつての隆次郎の悪仲間や今隆次郎と付き合いある商家などを思いつく限り挙げてもらい、手控えに記録した。

訊くべきことは訊き終えたので辞去することにしたが、忠尚からは「くれぐれもよろしく」と、旗本が足軽格の御家人にするにしては、ずいぶんと深く頭を下げられた。

九

酒井家を出た裄沢はそのまま南へと向かい、麴町で簡単に昼を済ませた後、同家の用人から聞いた「隆次郎の知人」の住居を目指した。

向こうが町人だということであれば余計な気遣いをする必要はなく、裄沢が突然訪ねていっても問題はない。酒井家の当主である忠尚からの簡単な紹介状まで用意してもらった裄沢は、事前に都合を問うことなく堂々と相手の見世を訪ねたのだった。

裄沢は、見世の主だというその男と会えて話もしたが、ほとんど用人から聞いていた以上のことを知るには至らなかった。見世の主に隆次郎と知り合ったきっかけを尋ねると、世間話のついでで「商売の役にも立たない」書画の嗜みの話をしていたところを偶々通りかかった隆次郎が聞きつけて、そこから商売抜きの親交ができたということだった。

ただ一つだけ、岩海和尚が自作であることを否定した書画の入手先が、古道具屋の河津屋だと確かめられたのは収穫だったであろうか。

訪問先の見世を出て御番所へ戻る途中、裄沢は麴町谷町を経由し河津屋の見世の前を通ってみた。古ぼけた佇まいではあったが、建物自体は谷刻堂よりもずっと大きな構えをしていた。

横目でちらりと見ながら見世の前を行き過ぎる。

店頭《たなさき》にも見世の中にもいろいろと雑多な品を並べているようだが、外からは客の姿も奉公人の姿も見当たらず、これで商売が成り立つのかと疑問を抱かずにはいられないもの淋しさを漂《ただよ》わせていた。

北町奉行所へ戻った裄沢は、酒井家で名を聞いた「一年ほど前の隆次郎不在時に屋敷に上がり込んだかっての悪友」、高安直三郎宛に、面談を求める文を書いた。書き上げた文は小者を呼んで渡し、翌日陽が昇ってから使いに出るよう言いつけた。

そこまで終えると同心詰所に留まったまま、待機番の臨時廻りと雑談しながら市中巡回中の廻り方の皆が戻ってくるのを待つ。

「今戻りました」

ほどなくして現れたのは、定町廻りの藤井喜之介《ふじいきのすけ》だった。番町近在の町家も持ち場とする藤井は、裄沢の姿を見つけて声を掛けてくる。

「おお、裄沢さん。お前さんも居たのかい」

「市中見回り、お疲れ様でした」

「まあ、毎日《めえんち》のこったからな――ところで、お前さんから頼まれてた河津屋のこったけどよ」

裄沢は前日藤井に、河津屋のことについてざっと聞き込みをしてもらえないかと頼んでいたのだ。

これが、河津屋の前を素通りしただけで立ち寄らなかった理由である。実際に相手と向かい合うのは、藤井からの話を仕入れてからのほうがよかろうと判断したためだった。

「余計なお手間をお掛けします」

頭を下げた裄沢に、藤井はどこか言いづらそうに話をする。

「そういうのもおいらのお勤めのうちだから、全く構《かま》やぁしねえんだけどよ。申し訳ねえことに、特段新たな話ゃあ拾い出せなかった。

まあ、怪しいこたぁ怪しい見世っつんで間違いはねえんだが、上手く誤魔化《ごまか》してて尻尾《しっぽ》を出しやがらねえ。だから、今のところぁお前さんが唐家様から聞いたって以上のこたぁ、付け加えるようなものはねえんだ」

「お気になさらず、昨日の今日です。そう簡単に判るようなことがないのは覚悟していました」

唐家が裄沢に話したこととて、ほとんど全てが廻り方から聞き取ったものであるはずだ。ならばこうした結果になるのはある意味当然のことだった。

　裄沢が再度聞き込みの依頼をしたところで新事実が判明するなどといった幸運は、そうそうあるものではない――内心それを期待していたことも、まあ間違いはないのだが。

「でもよ、だからこいで終わりってことじゃあなくって、まだ調べは続けるつもりだけどな」

「いえ。お聞きしていることから判断すると、簡単に正体《あし》を現《だ》すようなことはないでしょう。おっしゃるような怪しい見世なら、普段から藤井さんも目を配っておられるのでしょうが、それを続けていただければ十分です。

　それより、度重《たびかさ》なるお願いで気が引けるのですが、もう一件別な調べをしていただけませんでしょうか」

　裄沢の申し訳なさそうな顔に、藤井は面倒がる様子も見せずに応じてきた。

「ほう、今度《こんだ》ぁどこのどいつだい？」

「番町に屋敷のある旗本・高安直三郎という男のことを、ご迷惑が掛からぬ範囲で当たってもらえればと」

　町奉行所は町政を主な目的とする組織のため、定町廻りが旗本のことを直接周囲の武家屋敷から聞き出すような探索には無理がある。もしも発覚したなら、町奉行へ直接、あるいは目付のほうへ抗議がいきかねない。

しかしながら武家とは言っても暮らす上では少なからぬ商家と付き合いがあり、また渡《わた》り中間《ちゅうげん》や下働きなどの庶民層の雇い人も屋敷の中で働いている。そちらを辿れば、裄沢が求める程度の話は知ることができるはずだった。

「ほお。その高安ってなぁ、どういう野郎だい」

「二百石少々の馬預《うまあずかり》ということですから、旗本としては一番下のほうのお人でしょう」

旗本と御家人の境界は、一般には御目見《おめみえ》（将軍謁見《えっけん》の有資格者）以上か以下かにあるとされるが、禄高《ろくだか》でいうと二百石がおおよその目安となった（ただし、町方与力が二百石でも御家人であるなど、例外は存在する）。ゆえに、高安は旗本として最下層の部類となる。

馬預はお上の厩《うまや》における馬の飼育、馬具の管理修繕、新たな馬の調達などに携《たずさ》わる仕事である。

「その厩番が、何かしたって？」

「こたび牢屋敷に入れられている酒井隆次郎が若年《じゃくねん》の折、一緒に悪さをしていた者だということで」

「……若《わ》え《け》ころに隆次郎と連んで悪さしてたってなぁ、そいつぐれえなのかい」

なぜ、その男だけにこだわるのかという問いである。

「いえ、一緒に悪さをしていた者は他にもいるようですが、近年岩海和尚のところに出入りしていた者の中で隆次郎と直接関わりがあると知れたのが、今のところ高安だけですので」

岩海が居候する寺の住職に聞いた訪問者の中で、酒井家の主や用人の口からも名前が挙がったのが、この高安一人だったのだ。

「なるほど、判った。聞き回ってみようかい」

「隆次郎とは違って、いまだに悪い噂の絶えぬ男のようですから、いちおう気には留《と》めておいてください」

まさかいきなり暴力に訴えてくるようなことはなかろうが、こちらを邪魔だと思えば裏からどのような手を回してくるか予測もつかないことから、注意はしておいた。

「まあ、隆次郎だって猫ぉ被《かぶ》ってただけかもしれねえしな。その仲間のつもりで当たってくよ」

藤井は裄沢の老婆心《ろうばしん》を「見くびるな」などと怒ることなく、素直に聞き入れてくれた。

お忙しいのに申し訳ないと裄沢が頭を下げていると、次々と他の廻り方が市中巡回から戻ってくる。それをきっかけに、この話は終えることにした。

十

翌日。裄沢の姿は小伝馬町の牢屋敷にあった。隆次郎が収監されている揚り座敷は、敷地北東側の塀の中央に構えられた裏門に近いが、裄沢はそれとは反対側の表門から入り、案内を請《こ》うて中へと踏み入っている。

牢屋敷では、大牢などはもちろん揚り屋までは雑居房《ざつきよぼう》で、そのいずれにも牢名主《ろうなぬし》を頭《かしら》にした囚人による自治的な組織が存在するが、四房《ぼう》ある揚り座敷では、部屋に余裕がある限り独房《どくぼう》として運用されていた。このとき揚り座敷の囚人は隆次郎しかおらず、従って当然隆次郎独りだけがこの牢に入っている。

六百石の旗本家当主の実弟とはいえ、出仕もしておらぬ厄介叔父でしかない身だとなれば、家臣同然の扱いで揚り屋に入れられていてもおかしくはない。にもかかわらず揚り座敷への収監がなされているのは、当主の忠尚が弟に対しずいぶんと意を払っていることの証左《しようさ》となっていよう。あるいは、まだ自身の子が幼いことを理由に、「嫡男同様の扱い」を要求したのかもしれない。

牢屋同心（町奉行所の同心ではなく、町奉行の指揮下にある囚獄《しゆうごく》（牢屋奉行）の下役）の案内を受けて裄沢が揚り座敷のある牢舎《ろうしや》に入ると、隆次郎らしき男はきちんと端座してこちらを向いていた。揚り座敷の収容者には、軽罪の囚人が一人身の回りの世話のためにつけられているはずだが、その姿は見えなかった。

「酒井隆次郎殿か」

裄沢が問うと、こちらを真っ直ぐ見返していた隆次郎は「いかにも」と短く答えてきた。濁《にご》りのない、澄んだ目つきと声であった。

「それがしは北町奉行所隠密廻り同心、裄沢広二郎と申します。いくつかお尋ねしたいことがあって罷《まか》り越《こ》しました」

「入牢《じゆろう》しているからには詮議《せんぎ》を受けるのは当然のこと。何なりともお訊きなされ」

裄沢は案内してきた牢屋同心に目顔で指図し、内鞘《うちざや》（牢と通路を区切る牢格子）の鍵《かぎ》を開けさせて中へと入った。隆次郎と対座して相手を見つめ直す。

隆次郎は、牢屋入りしているにしては身形も髪もさほど乱れてはいない。つけられている囚人がきちんと世話をしているのであろうが、隆次郎自身も牢の中で放恣《ほうし》な態度を取ってはいないということであろう。

「それにしても隠密廻りか」

隆次郎は裄沢を観察する目で見ながら、呟くように言った。

「定町廻りや臨時廻りは町家のことに専念致しますゆえ、かような調べは廻り方でもそれがしのような者のところへ回って参ります」

淡々と答えた裄沢へ隆次郎は「そうか」とのみ応じ、すぐに本題に入るよう促してきた。

「で、俺に尋ねたきことがあるそうだが」

「本来こちらとして問いたいのはただ一点、なぜに隆次郎殿が初めて訪れた古物商の見世で、売り物である品を毀損するようなことをなさったかです。それに得心がいくお答えをいただければ、もうそれがしが貴殿を煩《わずら》わせるようなことはありませんので」

「問われれば何度でも答えようが、それでそなたが得心してくれるかどうかは判らぬな――なにしろあのときは、暴れたくなったから暴れた、ただそれだけだからな」

「なぜそのようなお気持ちに」

「さあ。なぜと訊かれても、ふとそんな気になったからとしか答えようがない

――かつての俺の暴れようについては、そなたもここへ来る前にいろいろと聞いていよう。そのころの気持ちが、不意に甦《よみがえ》ってきたということろか」

「隆次郎殿の以前の不行跡については、今のお答えとは違った話も伺っておりますが」

隆次郎は「兄者《あにじゃ》からか」と、口にして嗤《わら》いを浮かべた。

「兄者は、どうやら俺をずいぶんと買い被《かぶ》っておられるようだ。どうせ兄者のことだ、『自分を廃嫡《はいちゃく》して妾の子を跡継ぎに据え直そうとした親父《おやじ》の目を醒《さ》まさんと、弟が市中で暴れ回るなどの悪さを重ねた』などとそなたに申したのであろうが、それは全部兄者の独《ひと》り合点《がてん》さね。

俺は、厄介叔父の無駄飯喰《むだめしぐ》らい、ただの穀潰《ごくつぶ》しよ。暴れたいがゆえに暴れ、やりたいと思うことを他人の迷惑など顧《かえり》みず勝手気儘《かってきまま》にやっただけ――まあ、口では謹厳実直《きんげんじっちょく》なことを吐《ほ》き散《ざ》らしながら、自分のやってることは外道《げどう》同然だった親父に反発してたってとこは、間違いないけどな。あとは、そんな親父の尻馬に

乗ってた妾の子も気に食わなかったしよ」

話しているうちに、隆次郎の口ぶりが次第にぞんざいになってきている。

「……それにしては、妾腹《しょうふく》のご三男に対して、隆次郎殿が手を上げたといった話はいっさい耳にしておりませぬが」

「俺のほうだって、どこまでやれるか匙加減《さじかげん》は見定めてたってことだ。猫《ねこ》っ可愛《かわい》がりされてたあの野郎に下手に怪我でもさせてたら、そんときはすぐにも家を追《お》ん出されてたろうからな」

隆次郎の話を聞いていた裄沢は、困ったように首を振った。

「確かに今のお話を伺っても、それがしには合点がゆきません——隆次郎殿は、お父上が急逝《きゅうせい》なされ兄君が家の跡を継がれると、それまでの素行《そこう》がぱったりと修まったそうではないですか」

「親父が死んだんで、反発する相手が目の前から消え失せたってだけのことさ。『こんなことしててもどうにもならねえ』って判ってながら、それでも他にやりようがなくて暴れてたのが、突然目《め》の敵《かたき》にしてた当の相手がいなくなっちまった——呆気《あっけ》に取られて、今の有りように気がついたらもうどうでもよくなってた、ってとこかね」

「しかし、そのお気持ちがここまでの数年、ずっと続いたので？」

「俺自身も、よくこれまで保《も》ったなと呆《あき》れてるよ――でもまあ、さすがに限度がきちまったってこったなぁ」

「身を慎んでいた間は、何をなさっておられましたのか」

「そんなことを訊いてどうする？　まあ、そっちにすりゃあお勤めとしての詮議だろうから答えてやるが、口にしなきゃならねえようなことは、特に何もやっちゃいねえよ」

「そこもとが商いの品を毀損した谷刻堂において、狼藉に及ぶ前に、そこもとは見世の主とずいぶんと話が合ったやに聞いておりますが」

「そんなふりでもしねえと、大事な商いの品をこっちの目の前まで持ってきたりはしねえだろう」

「話を合わせるにせよ、それなりの素養が要るのではと存じますが。酒井家《おいえ》の用人も、そこもとについて、身を慎んでおられる間は専《もっぱ》ら書画を嗜んでいて、なかなかの腕前だと話しておりましたし」

　裄沢の指摘に、隆次郎は苦い笑みを浮かべる。

「なぁに。俺の場合は、単なる下手の横好きさね。どんだけ意を傾けようとも、ものになるような腕前じゃあねえのさ」

「……それが判るようになるぐらいまでは、心血《しんけつ》を注いだということですな」

「そんな大袈裟《おおげさ》なモンじゃねえけどな――俺の書にしろ絵にしろ、素人《しろうと》相手なら感心させる程度のこたぁできるんだろうけど、見る目のある者からすりゃあどこまで行っても人真似《ひとまね》に過ぎねえってこったそうな」

「そのように、どこぞの大家《たいか》から言われたのですか」

「大家かどうかはともかく、そんなことを言われたなぁ確かだな――けど、人がどう言おうがそんなことは問題じゃねえ。その言葉に、俺自身がすっかり納得しちまったってことが全てだな」

あるいはそれが、隆次郎を破れかぶれにさせてこたびの騒動に繋がったのかとも思ったが、わざわざ指摘するのは控えた。

「書画の道に詳しいわけではありませんが、上達するためには先達の作を手本にして真似《まね》るところから始めるそうにございますな」

「ああ。俺はそこまでで行き詰まって、そっから先にゃあ一歩も踏み込めなかったってこった」

「これまで、様々なお人の作を手本にされたのでしょうな」

「そりゃあ、いろいろやってみねえと、自分はどういうふうに書きたいのか、どういう物が自分に合ってるのかが判らねえからな。自分の好みじゃねえと思ったって、実際やってみるとそれまで考えもしなかった新たな境地が目の前に開けてきたって人だって、少なからずいるそうだけどな」

「そうして隆次郎殿が手本にした中に、岩海和尚の書画もあった」

「……さあな。いろいろなお人の作をなぞってたから、いちいち憶えちゃいねえ物もある。そん中に、お前さんの言うお人がいたかどうかははっきりしねえな」

「おや。用人殿は、ご当主が出入りの商家をそこもとの部屋に入れたとき、確か岩海和尚の作の写しがあったとやら言っていたように思うのですが」

「そんなはずはあるまい」

　即座に否定した顔をじっと見ると、隆次郎は目を逸《そ》らした。「用人が言っていた気がする」というのは隆次郎を揺さぶるための嘘だったが、簡単に引っ掛かったことになる。

「話すことはもうねえぞ。とっとと帰ってくれねえか」

　隆次郎はそっぽを向いたまま、不意に告げてきた。急に態度を変えたことを衍沢に怪しまれるよりも、これ以上口を滑らせてしまうほうを恐れたのかもしれない。

まだ問い詰めたい気持ちはあったものの、この後さらに押しても今日はもう何も出てはこないだろうと判断した裄沢は、退き下がることにした。

「判りました。本日はこれまでと致しましょう。新たにお訊きしたいことができましたらまた会いに伺いますので、そのときはよしなに」

「もう、話すことなど一っつもねえぞ。できれば二度と顔を見せねえでもらいてえもんだな」

どうやら、最後の問い掛けでだいぶ警戒させてしまったようだ。裄沢はただ頭を下げるだけにして、大人しくその場を後にした。


小伝馬町の牢屋敷から北町奉行所まで、さほどの距離はない。牢屋敷を出た裄沢は、いったん奉行所へ立ち寄ることにした。

表門脇の同心詰所に顔を出してから、昨日使いを命じた小者を呼ぶ。高安の返答を聞くためである。

呼び出された小者は、当惑した顔をしていた。

「それが、お留守ということでしたので、対応に出た用人と思われるお方に手紙をお渡しして戻って参りました」

同心詰所で待機番をしていた臨時廻りの室町《むろまち》左源太《さげんた》が、これに言葉を添える。

「こっちも、向こうの使いが持ってきた返事のような物《もな》ぁ受け取ってねえな」

それを聞いた裄沢は、呼び出した小者のほうへ視線を戻した。小者の当惑げな顔に、引っ掛かりを覚えたのだ。

「使いに行ったとき、向こうで何かあったのか」

「はぁ、それが……確かな話じゃあござんせんが」

「構わぬ。言ってみろ」

「へい——あっしが辻番《つじばん》（武家地に設けられた番所）に訊いて先方のお屋敷へ向かう途中、先を歩くお武家様の姿が見えたのですが、そのお方が高安様のお屋敷へ入っていかれましたので。

朝のうちでお客様をお迎えしているようなご様子もありませんでしたから、てっきり朝帰りした御当主様のすぐ後にあっしが着いたのかと思ったんですけど。それで、帰りしなに少しお屋敷の外で様子を見ておりましたら、どうやらいくぶん遅めの出仕をなさるらしいところをお見掛けしたのが、やはりあっしより先にお屋敷へ入っていったお武家様だったんで」

「……居留守を使われたということか」

「そうなのかも、ってだけですが」

「よい。お前の考えは、おそらく当たっているんだろう――それはともかく、もう一度文を書くゆえ、済まないがまた使いに行ってくれるか」

「高安様のところへもう一度、でございますか」

「手間を掛けるが、そのとおりだ」

「承りましてございます――先ほどお呼び出しを受けて、それまでやっていた仕事を放り出してここへ参りましたので、いったん戻って片付けてきたいと存じます。文が書き上がりましたら、またお呼びいただけましょうや」

「判った。そうさせてもらおう」

裄沢の承諾《しようだく》を得た小者は、同心詰所を後にする。

それを視線だけ向けて見送った室町が、筆や紙を用意し始めた裄沢のほうへ問うてきた。

「その高安って野郎の評判からすると、また無駄骨を折ることになりそうな気がするけどな」

「まあ俺も、そうなりそうだとは思ってますが、やっておくことは段取りとして必要かと。後は、向こうがどう出るかです」

「午《ひる》からぁ、使いの結果を待ってそっちへ？」

「いえ。勤めに出ているなら戻りは夕刻でしょうから、使いにはまたそのころを目指して行ってもらおうかと。そうすると、酒井隆次郎のほうの調べはいったん手が空《す》きますので、午には一度吉原の面番所のほうに顔を出してみようかと思っています。今、そちらは鳴海さんに任せっきりにしてしまってますので」

古道具屋の河津屋にはまだ直《じか》に問い質《ただ》しに行っていないが、おそらくこちらも高安同様、一筋縄《ひとすじなわ》ではいかないだろう。ならば、一つずつじっくり腰を据えて当たっていくつもりである。

「そうかい。手伝えることがあんなら、何でも言ってくれよ」

心の籠もった室町からの言葉に、裄沢はきちんと礼を口にした。

十一

室町に告げたとおり吉原に向かった裄沢は、少し手前の浅草田町《あさくさたまち》で昼食を済ませてから、すでに見慣れた大門を潜った。面番所に鳴海はおらず、昼見世《ひるみせ》（妓楼《ぎろう》の昼営業）が終わる七つ（午後四時ごろ）まで待ったが鳴海が顔を出すことはなかった。

まあ、面番所での立ち番に決まった刻限は設けておらず、御用聞きの子分ら手伝いの者だけになることもごく当たり前にあったから、気にするほどのことではない。唐家からの伝言を受けているとはいえ、直接告げることもせず仕事を放擲《ほうてき》したような格好になっていることへの申し訳程度のつもりであったから、裄沢が来ていたと後で鳴海が知ればそれで十分だろう。

吉原を出た裄沢は、また町奉行所《ごばんしょ》へと足を向けた。市中巡回から戻った廻り方による打ち合わせに、間に合わせるためだ。

高安のところへ使いに出した小者はまだ戻ってはいまいが、定町廻りの藤井に頼んだ調べのほうで何か新たな話が聞けるかもしれないと思ってのことだった。

ただし、過分な期待はしていない。前日使いに出した小者が居留守を使われたことからしても、こちらのことなど屁とも思ってはいなかろうし。

また無視されるか、あるいは正式に抗議されるまでには至らずとも、乱暴なやり方で使いが追い返されるぐらいはやってきそうだ。

——使いを頼んだ小者には気の毒をするが、まあこれも仕事のうちだとどうにか肚に収めてくれるだろうさ。

そんなことを考えながら、北町奉行所《きたのごばんしょ》の敷地の中へと踏み込む。

同心詰所に顔を出してみると、市中巡回に出た廻り方はまだほとんど戻ってきてはいないようだった。

「おう、お疲れさん」

こちらを見つけた室町が声を掛けてくるのへ、裄沢も挨拶を返す。そこへ、使いに出していた小者が顔を出した。

「裄沢様」

「早かったな。もう行ってきたのか」

「はい、それが……」

「どうした。また居留守でも使われたか」

「いえ……応対に出たお方に文をお渡ししてご返事を待ったところ、家の主とおっしゃるお方ご本人が出てらっしゃいまして――やはり、最初のときにお見掛けしたお方にございましたが」

わざわざ相手が出てきたことに少々意外の感があった裄沢は、「ほう」と呟きを漏らす。

今小者が戻っているということは、向こうは半刻（約一時間）ほど前にはすでに在宅していたということになる。今日は非番だったのか、もしくは前日に朝帰りをして出仕の刻限に遅れていたことからすると、怠けて早帰りでもしてきたか……。

裄沢の内心には思い至る様子もなく、小者は報告を続ける。

「その口上《こうじょう》にございますが、『当方が直参《じきさん》旗本であるからには、何ごとであれ町方風情《ふぜい》から問われるような筋合いはない。わずかでも疑義あると申すならば、目付を通せ』とのことで。

そう言われてしまっては、あっしのような者ではどうにもできませんで、そのまま立ち戻りましてございます」

申し訳なさそうに頭を下げてきた。

おそらく実際の先方の言い草は、もっと歯に衣着《きぬ》せぬ、聞くに耐えないようなものであったろう。「町方風情」ではなく「不浄役人」などと罵《のの》しられていたとしても、何ら不思議はない。

町方は、庶民層の中でも死罪になるほどの罪を犯した咎人多数と直に接し、その処刑にまで携わるようなお役目だと考えられていたから、他の幕臣からは「穢《けが》れを纏うお役」だとして一段下に見られる状況があったのだ。

「そうか、手間を掛けたな。ご苦労であった」

裄沢は、穏やかな声で労《ねぎら》い、小者を下がらせた。

「やっぱりそうきたか――で、どうするね」

小者の退出を見送った後、室町が問うてきた。

裄沢にせよ、こうなることは十分予測の内であった。ゆえに、返す言葉も淡々としたものになる。

「はて。高安のほうの埒《らち》が明かないようですので、先に河津屋のほうへ乗り込むべきか、それとも待ち伏せして、高安の勤め帰りや非番で外へ出たところへ直接ぶつかってみるか……いずれにせよまずは、高安の調べをお願いしている藤井さんのほうで何か進展があったか、その話を聞いてからでしょうか」

「河津屋を後回しにしてんのは、何か高安のほうを詰めた後のほうがいい理由でもあんのかい」

「はっきりこれといった理由はないのですが、これまでに判っている評判からすると、尻尾を隠すのがだいぶ上手い小悪党のように思えましたので。

一度探りを入れた際に向こうで何か察するところがあれば、後でこちらが気づいたことがあっても、そのときにはもう綺麗に跡を消されてしまっている、というようなことになりかねない気がしましたから。ならば、事前にできる支度《したく》は叶《かな》う限りやった上でぶつかったほうがよいかと考えまして」

「まあ、おいらの経験からしても、そんな勘は案外よく当たるからなぁ。なら、思ったとおり進めりゃいいさ」

大先達である室町が、裄沢のやりようをわざわざ認めるようなことを言ってくれたのは、先行きの見えない探索で余計な迷いを生じさせないようにという後押しだろう。裄沢は小さく頭を下げて感謝の意を示した。

そこへ噂をすれば何とやら、市中巡回を終えた藤井が今日もいの一番で帰ってきた。

「お疲れ様です」

「おう、お疲れ――裄沢さん、高安って野郎の評判、今日から早速《さっそく》いろいろ集め始めたぜ」

「お手数お掛けします」

「なぁに、手間でもなく悪い噂がワンサカ集まってくるような人でなし、だから、ほとんど苦労なんぞしちゃいねえんだが」

「ほう、やっぱりいまだにそんな悪《ワル》なのかい」

横合いから室町が入れた合いの手に、藤井は大きく頷く。

「そうなんですよ――妾《おんな》ぁ何人も囲うわ、雇い入れた女中にゃあ漏れなく手ぇ出すわで、もう十人近くの子《ガキ》がいるそうで。まだまだこれからも産まれんだろうってこって、当人は『おいらが年老いたころにゃあ、あいつらも一人前になってるだろうから、そしたら月代わりでおいらの面倒見させられる』なんぞと嘯《うそぶ》いてるそうです。いくらなんでもこんな御直参《ごじきさん》がいるのかって、呆れ返っちまってたところでね。たった二百石やそこいらの禄高で、そんな金がどこから湧き出してくんだか、そいつを考えただけでも察しがつこうってモンでしょう。

おまけに、もっと呆れたことに鶴喰《つるぐ》らいときたもんだ」

「鶴喰らい？」

裄沢の反応に藤井が詳細を口にしようとしたところで、入り口に人影が立った。

「裄沢様！」

緊迫《きんぱく》した声に何ごとかと見やると、大門で番をしていた小者のうちの一人であった。門番の小者は、貧相《ひんそう》な身形の男を一人伴っている。よくよく見やれば、どうやら牢屋敷で使われている下働きのようであった。

弾《はず》む息を抑えきれずにいる下働きの様子からすると、ここまでとにかく急いで駆けつけてきたようだ。

「どうした、何かあったか」

「へい、申し上げます——揚り座敷に入っていなすった酒井隆次郎様、先ほど急の病にてお亡くなりになられやした」

「なっ！……」

あまりのことに、裄沢だけでなく室町や藤井らも息を呑む。わずかに黙した裄沢は、すぐに落ち着いた声で問いを発した。

「すでに息を引き取ったというのは確かか」

「へい。お医者様が確かめましてござりやす」

小伝馬町の牢屋敷には、連日勤務の本道《ほんどう》（内科）医が二人、隔日勤務の金瘡《きんそう》（外科）医が一人雇われていた。牢屋医師と呼ばれるこうした医者は、朝夕に各牢舎を巡回して重病人を診察し、吟味方による責め問いが行われる際には立ち会って、咎人を痛めつける限度を見定めたと言う。

「そうか、よく知らせてくれた——俺もすぐに向かうが、そなたは先に戻って、裄沢が『病死者の出た揚り座敷はできるだけそのままにしておいてほしい』と言っていたと、そう伝えておいてもらえぬか」

承った下働きの男は、すぐに己の働く場所へと戻っていった。

「裄沢……」

その場から動こうとしない裄沢を気遣い、室町が声を掛ける。

「まずは隆次郎の探りを命じられた唐家様に、このことを報告しなければなりません」

「ならそいつは、おいらが引き受けよう」

室町がそう言って腰を上げた。もう皆が市中巡回を終える刻限になっているし、すでに藤井もこの場にいて皆を待っているような状況だから、待機番が席をはずしても問題ないとの考えだった。

「畏れ入ります。詳しい話は、それがしが戻ってから改めてすると、唐家様にはお伝えください」

頷いた室町が、奉行所本体の建物目指して同心詰所を出ていった。

これですぐにでも小伝馬町へ向かうのかと思われた裄沢は、落ち着いた態度で藤井のほうへと顔を向けた。

小伝馬町の牢屋敷に到着した裄沢は、すぐに隆次郎が収監《いれられ》されていた揚り座敷に案内された。

隆次郎は蒲団《ふとん》に仰向《あおむ》けに寝かされ、顔には白い布が掛けられていた。

裄沢はその枕元で膝を折り、手を合わせてしばし瞑目《めいもく》してから、そっと顔に掛けられた布をはずした。

隆次郎は、口を真一文字《まいちもんじ》に結んで何かを耐えるような厳しい死に顔をしていた。裄沢と面談した際の、どこか誤魔化そうとするような曖昧な表情を浮かべていたときとは、全く違う男のように見えた。

裄沢は、牢格子の内側の座敷の様子へと目を移す。そこには食べかけの夕餉《ゆうげ》の膳が置かれたままだった。裄沢が言付《ことづ》けた、「揚り座敷をできるだけそのままにしておいてほしい」という要望に添ってくれたようだった。

牢屋で囚人に供《きょう》される食事は、身分にかかわらず朝夕二度。そのためもあってか、夕餉は通常七つ前後に供される。今宵《こよい》の隆次郎の膳には、酒器であるチロリと杯《さかずき》が添えられていた。

裄沢は、自分をここまで案内してくれた牢屋同心へ顔を向けた。

「それがしが帰ってから、隆次郎殿はどなたかと面会なされましたか」

「ええ、ご親族のお方と。隆次郎殿の叔父上《おじうえ》とのことにございましたが」

裄沢は、しばらく次の問いを発することなく「そうですか」とのみ応じた。

牢内での飲食は、決まりの上では牢屋敷で給された物とわずかに認められる差し入れ（「届物《とどけもの》」と称した）のみということになっているが、実際にはどの牢でも守られてはいなかった。髪や口の中、あるいは縫い込んだ着物の折り目などに隠して持ち込まれた本来禁止のはずの金は、少なからぬ部分が牢役人と呼ばれる四人内の権力者に上納され、残りは持ち込んだ当人の飲食代などに消尽《しょうじん》されている。

決まりを守らせるべき牢屋の番人が、手間賃分《てまちんぶん》の中抜《なかぬ》きをするのと引き替えに、望みの品を買ってきてくれるのだ。支給される食物だけでは十分な栄養が取れぬとの認識もあってか、こうした不法行為は町方を含む幕府の役人たちからも見て見ぬ振りをされていたのである。

牢名主をはじめとする牢役人の存在しない揚り座敷では、こうしたつると呼ばれる上納金は存在しなかったが、やはり金銭の秘かな持ち込みはなされ得たし、親戚知人などの関係者からの差し入れは、他の牢舎よりはずいぶんと簡単に認められたのだった。ゆえに、裄沢は膳の酒器を見て面会者の有無を問うたのだ。

「昼以降の隆次郎殿のご様子に、何か変わったところは」

「面会に訪れた叔父御《おじご》殿と和《なご》やかに談笑されておりましたし、特には。ただ……」

「ただ？」

「叔父御殿がお帰りになった後、牢番や膳を運び込んできた世話掛の囚人に、これまでずいぶんと世話になったと礼を述べておられました──その者だけでなく、拙者《せっしゃ》にまで、でしたが」

「さようか」

裄沢はそのひと言だけで口を噤《つぐ》み、医者による診断の詳しい内容を訊くこともなければ、何かの痕跡が残っていないか室内を調べるようなこともいっさいしなかった。

何があったかは、そんなことをするまでもなく明らかに思えたからだ。

──毒殺。

それが、隆次郎の死の真相だった。

旗本やその家族が罪を犯し、処分が下るまで屋敷での押し込めや他家へのお預け、牢屋敷への収監などを命ぜられた場合、当該の咎人へ毒を盛って死亡させ、「急病死」で片付けるような事例があったという。死亡した咎人は身分ある者やその係累《けいるい》である上、当人死亡後の詮議には手間を掛けるだけの意味がないことから も、このような場合は詮議打ち切りで一件の決着が図られることになるのである。

犯罪や重大な過失に対し連座制《れんざ》が取られていた(一族に連帯責任が追及された)時代におけるこうした措置《そち》は、「偉い人だから許容された責任逃れ《トカゲの尻尾切り》」である一方、重要な役割を担《にな》うべき人々にまで及ぶ過度な影響を抑えるために、必要とされた側面もあった。

訪ねてきた叔父と和やかに談笑し、世話人や牢番らにこれまでの感謝を述べたことからすれば、隆次郎は何が行われようとしているのか全て理解した上で毒酒を呷《あお》ったはずである。

牢屋敷の側もこの事態を事前に把握《はあく》していたに違いないことは、ただの夕餉の配膳に牢屋同心が立ち会ったことからも明らかだった。

——我が調べは、ときを掛けすぎてしまったのか。

衍沢は抑えようのない悔恨《かいこん》に苛《さいな》まれていたが、旗本家の醜聞ということで慎重を期さねばならなかったこともまた事実だった。実の兄があれだけ気に掛けていたのに、このような結末を迎えるなど、衍沢にとってもあまりに想定外な出来事だったのである。

すると、揚り座敷の牢舎の入り口のほうが騒然としてきたのが判った。足早にやってくる跫音《あしおと》とともに姿を現したのは、隆次郎の兄の忠尚であった。

「衍沢殿……」

忠尚は夜具《やぐ》に包まれ顔の部分に白布を被せられた人形《ひとがた》の盛り上がりへ目をやり、ついでその枕元に座す衍沢へ視線を移して茫然と呟いた。

衍沢は、立ち尽くす忠尚へ身体を向け直すと深々と頭を下げた。

「お悔やみ申し上げまする。いちおう牢屋敷へ確認されたほうがよろしいとは思いますが、もうご遺体を引き取られても差し障りはなかろうかと存じます」

忠尚は衍沢の言葉など耳に入らぬ様子で座敷に上がり、隆次郎の下へ覚束《おぼつか》ぬ足取りで近づいていく。そっと立ち上がった衍沢は、忠尚をその場に残し、入れ違いに揚り座敷を後にした。

——あの様子からしても、隆次郎の毒殺を仕組んだのは忠尚ではない。

なれば、今夕刻面談に訪れた叔父をはじめとする酒井家の親戚筋が決めたことか。あるいは、御小納戸という将軍側近に在籍する者の縁者の不始末を嫌った、幕府重職の意向に従って為されたのか……。

こうなってみると、忠尚・隆次郎兄弟の父親が急死したことについても、何者かの手によるものではなかったかという、今さら確かめようのない妄想まで浮かんでくる。

いずれにせよ、これを為した者らに対して裄沢が手を下すことはない。今日訪ねてきた叔父の名ぐらいはすぐに調べることができようが、その叔父が望んでこのお役を買って出たのかすら探り出せる気はしない。

そしてそこから先は、誰がどのような思惑で何をしたのか、裄沢にはきちんと筋立てて推《お》し量《はか》ることもできないのだ。誰一人に対しても、会いに行く正当な理由も立たなければ、会ってもらえるはずもないのだから。

そうである限りは、隆次郎を害した者らへ憶測《おくそく》で何か手を出したとしても、それは裄沢が己の心を鎮めるための八つ当たりにしかならないのである。

己の無力と自身が直面したこの結末が、ただただ虚《むな》しいばかりであった。

十二

「そなたが裄沢広二郎か」

牢舎の外に出たところで横合いから声を掛けられた。相手は、裄沢が背を向けたほうの建物の外壁へ身体を預けるようにして立っていたので、呼び掛けられるまで気づけなかったのだ。

「いかにも北町奉行所同心の裄沢にございますが、どなた様にござろうか」

身形からして裄沢よりはずっと高禄の者、しかもこちらの名を知った上で呼び捨てにしてきたとなれば、おおよその当たりはつけられる。裄沢は丁寧に問い返した。

「目付に任じられておる、倉本惣太《くらもとそうた》である」

やはり、思ったとおりの人物であった。

町人をはじめとする江戸の庶民の規律遵守を司《つかさど》るのが町方役人なら、幕臣についてこれを行うのが目付の役目となる。ほとんどが禄高五百石以上の旗本で、ここで実績を認められれば後々の躍進《しゅっせ》に繋がるという、登竜門《とうりゅうもん》と言えるお役でもあった。

「お役目ご苦労様に存じます。して、お目付に任じられておるお方が、それがしに何かご用にござりますか」

たとえば、相手が飽食《ほうしょく》していると気づかぬまま虎《とら》の前に飛び出してしまった仔兎《こうさぎ》が竦《すく》み上《あ》がるように、目付を前にした小禄の御家人は萎縮《いしゅく》してしまうのが普通の有りようだが、倉本から不意に話し掛けられた男はごく落ち着いた態度で問うてきた。

倉本は、そんな裄沢をじっと見つめながら口を開く。

「そなた、酒井隆次郎が引き起こしたこたびの騒ぎについて、いろいろと調べ回っておったそうだな」

「……隠密廻りとして、探索を命じられておりましたので」

「別段、差配《さはい》違いの調べだと咎《とが》め立てしておるわけではない」

「では？」

「隆次郎は不幸にして急な病で亡くなった。なれば、これ以上の調べは不要。その念押しに参ったと思ってくれればよい」

裄沢は無言のまま、じっと倉本を見返す。

「よいな」

「……それがしのような者のところへ、お目付の倉本様がわざわざお出向きになられたのは、酒井家のご親戚筋からのご依頼で？　あるいは上《う》つ方《かた》のご意向にござりましょうや」

「身共がここへ参ったのは、酒井隆次郎の死を確かめるためだ。ちょうど折りよくそなたに出逢《であ》えたゆえ、ついでのこととして声を掛けたまで」

「ほう。こたびの一件、市井《しせい》に住まう一介の僧侶の手遊《てすさ》びが乱暴者によって毀損されただけに過ぎぬと考えておりましたが、そうでもないようにございますな」

「……どういう意味だ」

「お目付ご自身が配下に任せるでもなく、町方や亡くなった者のご親族とさほど変わらぬ早さでこんなところまで駆けつけられた——それだけ重く見るべき何かが、この一件にあったということではござりませぬか」

倉本は、裄沢から目を離さぬまま口を開いた。

「いずれにせよ終わったこと。そなたがこれ以上関わることではない」

裄沢とて町方役人、つまりは目付に取り締まられるべき幕臣の一人である。その目付が「手を引け」とはっきり命じているのへ逆らえば、それだけで処罰の対象となり得た。つまり、裄沢にはこれ以上何の手出しをすることもできはしないということになる。

いや、倉本と名乗った目付がこうやって現れるより前から、すでに手も足も出ないようになってはいたのだ。

それでも、手をつけたことを尻切れ蜻蛉《とんぼ》のままに終えざるを得ない状況には、内心全く納得がいっていなかった。何より、本当に罪を犯しているとは思えない男が従容《しょうよう》として死を受け入れんとしたのを止めることができなかった自分に、猛然と腹が立っていた。

目の前の目付は厳しいことを言ってきてはいるが、それでも言葉の端々《はしばし》にこちらに対する配慮が感じられ、目付からすればつまらぬ手合いに過ぎない町方同心の反抗へも、怒りを見せることなく対応してくれている。そこに一縷《いちる》の望みを託し、裄沢は言葉を発した。

「鶴喰らい」

「!?」

わずかな反応を示した倉本へ、ここを先途《せんど》と言葉を連ねる。

「何でも鶴を喰らいながら、それを咎めたお目付に対し己が食したのは鸛《こうのとり》であると主張して譲らず、己が命じて鶴を捕らえさせた百姓を目の前にしての首実検《くびじつけん》（証人と対決させての詮議）では、その百姓すら威圧して畏れ入らせ証言を引っ込めさせてしまった男がおるそうにございますな。その者を咎めたお目付は何が事実かをはっきり判っていながら、手出しができずに歯嚙《はが》みをされたものと拝察《はいさつ》致します。

身分も立場も違うとは申せ、同じく罪を究明するお役に任じられた身のそれがしには、身につまされる話にござりました」

この時代の鶴は瑞鳥《ずいちょう》とされ、捕獲すること自体が原則禁止とされていた。江戸で堂々とこれを食せるのは将軍家の面々か、その将軍に相伴《しょうばん》を許された愛妾《あいしょう》や重臣、寵臣《ちょうしん》ぐらいのものであろう。

「……そなたの申し条《もうじょう》に心当たりなどないが、仮にそれが実際あったこととして、こたびの一件とそなたの申すところの鶴喰らいに何の関わりがある」

目付が罪を暴《あば》かんとして不首尾（失敗）に終わった話だから、確かに認めるわけにはいくまい。それでも、バッサリ否定するだけで終わらせず水を向けてきたことに、裄沢はひと筋の光明を見た。

「正直なところ、はっきりそうだと申し上げることはできませぬ。まだ調べの途中にござりましたゆえ」

裄沢の返答に落胆から得心へと微妙に目の色を変えた倉本は、無表情を取り繕《つくろ》ったまま「続けよ」と促した。

「少々回りくどい話にはなるかと存じますが」

まずは事前の釈明を口にした裄沢へ、倉本はただ頷いて話の先を求める。

「隆次郎殿は若きころより無頼漢などではなかった。ただそうした振る舞いに及ぶ以外に、家を正しく保つ手立てが見つからなかったがため、あえて無法を犯した」

隆次郎の落命より即座に動いたことと先ほどの裄沢の言葉への反応から、倉本が酒井家の内情を十分把握している前提でのもの言いをした。倉本が無言のまま否定の言葉一つ口にしないからには、裄沢と同じ認識を持っていると考えてよかろう。

己の判断が肯定されていると感じた裄沢は、そのまま話を続けた。

「その隆次郎殿が、今さら理由もない悪事に手を染めるなどとは、とても考えられませせぬ。そこにはやはり、そうせざるを得ない理由があったはず。

そこでまずは忠尚様が家督《かとく》を継がれ、隆次郎殿が他出《たしゅつ》を控えて離れで過ごすようになってからの暮らしぶりですが、質素《しっそ》で穏やかな日々を送られていたと聞き及びます。無聊《ぶりょう》を慰《なぐさ》めるものとしては、ただ筆を墨に浸して字や絵を描くことぐらい。

しかしながらその腕前は、親交を持った数少ない同好の士に一目《いちもく》置かせるだけのものがあった——当人に言わせると、どこまでいっても人真似に過ぎぬ程度なのだそうにございますが」

学ぶは真似《まね》ぶより始まると言う。書画においては先人の作を真似ることにより、手本とした作品から読み取り得た技術を習得し、さらに他者からも評価を受けるような己独自の美的表現へと結実せしめた者が、一流と呼ばれるようになるのだろう。

隆次郎は、そこまで行き着くことはできなかった——少なくともそれが、当人の自覚であった。

「しかし、人真似については他に類を見ないほどの達者となっていたのやもしれませぬ」

「たとえば、岩海和尚なる者の書画を、その道の達者が当人の書いた物と見間違うほどそっくりに写せると」

倉本が差し込んできた言葉に、裄沢は頷いてみせた。

「だが、隆次郎が破損した書画には岩海和尚の落款が入っていたはず。いかに書画を模写する才があったとて、落款を偽造して彫り込むにはまた違った技量が要《い》るであろう」

相手を肯定する言葉を裄沢も添える。

「そして、己の修練のために模写するだけなら、似せた落款まで作って押印する必要はない」

そこまでしてしまえば修練のための模写ではなく、贋作《がんさく》の作成となってしまう。

裄沢が補足した言葉に、同意した倉本が頷いた。しかし裄沢の話にはまだ続きがあるはずと、視線で先を促してくる。

裄沢はどうここからの話を進めるべきかを考えながら、ゆっくりと口を開いた。

「岩海和尚が他者へ譲る自分の書画に落款を押すようになったのは、およそ半年ほど前からのこと。そのころに岩海和尚のところへ足を運んで誼《よしみ》を通じようとし、和尚からも好意を感じてもらった者の中に、今からおよそ一年前、酒井家に隆次郎殿を訪ねて強引にその部屋にまで上がり込みながら、隆次郎殿が帰宅する前に帰っていった者がおりました」

「……それが、そなたの申す鶴喰らいだと？」

「高安直三郎様――隆次郎殿と連んでいた当時は小普請《こぶしん》の次男坊。その直後に鶴喰らいの騒ぎを引き起こしていながら、当主の座を継ぐとなぜかお上の馬預のお役に就けたという、稀《まれ》に見る幸運の持ち主にございますな」

そんな離《はな》れ業《わざ》をするにはどこにどれだけの金をバラ撒《ま》いたか、という口には出さない裄沢の指摘を、倉本はあっさりと無視した。

「それで、そなたの申す鶴喰らいはどう動いたと」

直接に相手の名を呼ぶことを避けた倉本の意を受け、その後は裄沢も同じ呼び方に徹することとする。

「鶴喰らい殿が最初から悪巧《わるだく》みを心に秘めて酒井家を訪ねたかは判りませぬ。しかし隆次郎殿の部屋へ勝手に上がり込み、酒井家の用人が席をはずしたところで、目の前には書き散らかされた隆次郎殿の模写が無造作に置かれていた――おそらく当時の隆次郎殿は、岩海和尚の作を模写することに熱中していたのでしょうな。

その模写を懐に納めながら何食わぬ顔をして屋敷を辞去したときには、もう己がやろうとしていることの骨子《こつし》ぐらいは頭にあったでしょう。

鶴喰らい殿が書画に素養を持っているのかまでは存じません。しかし利に聡《さと》い彼《か》の人物は、少なくともこのごろ評判の岩海和尚の名ぐらいは知っていた。そうして隆次郎殿が住まう離れに押し掛けたとき、部屋の中で隆次郎殿の模写とともに手本としていた岩海和尚の真筆も見つけた。

しかし鶴喰らい殿は、模写だけを懐にして和尚の真筆にはあえて手をつけなかった——もし手本にまで手を出せば、たちまち騒ぎになって己の悪事が即刻バレてしまいますからな。ちなみに、贋作など作るつもりのなかった隆次郎殿は模写に和尚の名入れまではしていなかったはずなので、どれを持ち出せばよいかの判別は、鶴喰らい殿にも容易にできたはずです。

その後の鶴喰らい殿は、まずは岩海和尚に近づきその為人を確かめるとともに、自分に親しみを覚えてもらおうとした。和尚は容易に心を開かぬようなお人に見えながら、一度心を赦すとその後は逆に不用心なほど警戒を緩《ゆる》めてしまうようなお人柄に見えました。鶴喰らい殿ほどに世の裏表に通じておる者ならば、和尚を籠絡《ろうらく》することもさほど手間ではなかったかもしれませぬ」

裄沢の言いように、倉本はほんのわずかに頷いたように見えた。裄沢よりも長いこのたびの一件に携わっていたとするなら、あるいは岩海和尚の気性についても、より詳細に調べ上げているのかもしれなかった。

「岩海和尚が使っている落款は、親しくしている者から贈られたと和尚当人が申しておりました。おそらくは鶴喰らい殿が、和尚の為人を見極めながら、好みそうな落款を作らせていたのではと考えます」

「それを和尚に与えた」

「和尚が己の書画のうち不満の残る物はしっかりと破棄し、それ以外には落款を押した上で手放すようになったのには、反古にしたはずの物が世に流れ出てしまったという騒ぎがあったからだそうです。

考えすぎかもしれませんが、あるいは往時のきっかけは、鶴喰らい殿の謀《はかりごと》かもしれぬと疑っております」

もしこれをやったのも高安――鶴喰らい殿なのであれば、隆次郎のところから手に入れた模写の数以上に「岩海和尚の作」を売ることができたことになる。

裄沢の言を、倉本は「穿《うが》ち過ぎだ」などと否定することなく黙って聞いていた。裄沢はさらに続ける。

「後は、申すまでもないでしょう。鶴喰らい殿は、和尚が落款を使い始めてからもしばらくはただ傍観するだけで、落款のある姿こそ今の和尚の作の体裁だということが世に広まるのを待った。以前に隆次郎殿の座敷より勝手に持ち出してきた模写については、和尚に手渡す前の落款を、もちろんすでにみんな押し終えていた。

そしてそろそろ頃合《ころあ》いだと見て、贋作を和尚の真正の書画として売り出すことにした。自分で売るには数が多く、どこから話が漏れて怪しまれるか判ったものではありませんから、間にはこうした所業《しょぎょう》に慣れている悪徳商人を挟むことにした。その商人はまず間違いなく、麹町谷町で古道具を商う河津屋でしょう。

ところが、河津屋から贋作を摑《つか》まされた者が偶然にも和尚と酒井家両方の知り合いだったという、さすがの悪党も思いも寄らぬことが起こってしまった。隆次郎殿は経緯《いきさつ》まで正しく推察できたかはともかく、一年前に己の留守中訪ねてきたかつての悪友が一枚嚙《か》んでいるに違いないと、確信したのでしょうな。当然、隆次郎殿は鶴喰らい殿のところへ押し掛けたはずです」

そこで裄沢は、ふと何かに思い当たったようだった。

「いや、先ほど和尚が落款を押すようになった騒動の陰に、鶴喰らい殿がいたかもしれぬと申しましたが、まずは確実に彼の者の企てだったのでしょう——隆次郎殿が手本に忠実な模写だけをしていたならば、手本とした書画は、和尚が自分の意志で他人に譲渡した物のはず。ならば和尚自身が人に譲渡した物の本物そっくりな模写について、実物を見ずに話だけ聞いて『さような文言を認めた書に落款を押した憶えはない』などと言うはずはありませんからな。

とすれば、和尚にそう言わせたのは、和尚が反古にしたはずの自身の真筆だったと思われます。和尚がその後、その話をしてきた相手にけんもほろろの対応をしたのは、書いた憶えはあるが人に渡した憶えのない物を、その人物が持っていたことに不快を感じた——もしかすると、反古を不正に手に入れた一味の一人かと疑った——からではないでしょうか」

裄沢は、ここまでの話に倉本がついてきているかを確認するように見てから、さらに論を進めた。

「ともかく、己の写しが悪事に使われたのではないかとの疑いを持った隆次郎殿は、鶴喰らい殿のところへ乗り込んだ。

そこで何があったかまでは、あるいはこうだったかと想像をするしかありませぬが、開き直った鶴喰らい殿から『すでに河津屋へみんな渡してしまった後だ。

取り戻したいならそっちへ行けばいい』などと、まともに取り合ってもらえぬまま放り出されたのやもしれません」

「……それで、では実際に隆次郎が河津屋でも岩海和尚の作を毀損したという噂の筋は通るが、隆次郎が囚われる因《もと》となった谷刻堂のほうとはどう繋がるのか」

「これも想像するしかありませんが、鶴喰らい殿が河津屋から大量の処分先を聞いていて、隆次郎殿が押し掛けてきたときにそれも伝えた。あるいは、隆次郎殿が河津屋で和尚の書画を毀損した際、河津屋を脅して残る贋作がどこにあるかを聞き出した、といったところでしょうか。

隆次郎殿から大事な商いの品を毀損された谷刻堂は、その奇妙な振る舞いを目の前にして、何があったのかに気づいたのやもしれません。たとえ『もしや』という程度であったとしても、由緒正しい古物商である己の見世が、素性《すじよう》の怪しい古道具屋の河津屋に騙されたなどというのは見世の評判に関わる話になります。なれば目先の商売の損には目を瞑って、酒井家へ損金の要求もせず、全て内々で収めようとしたのではないでしょうか」

倉本に対し言わなかったこととしては、隆次郎が河津屋や谷刻堂へ己の模写を毀損しに行く前のことであろうが、手許にあった和尚直筆の手本や自分の模写は全て処分を終え、部屋に残した物から己の意図が発覚することなどないようにしたのだろう。だから、裄沢が酒井家の当主や用人に問うても、隆次郎と岩海和尚の書画との関わりが出てはこなかったのだ。

裄沢は、頭の中で巡らせ続ける思考を、独り言を呟いているかのようにそのまま口にした。

「それがしのこうした考えにまだ大きな穴があるのは、隆次郎殿のところから手に入れた物にせよ、寺男を使って略取した本来反古となるべき書き損じにせよ、おそらくはいずれにも岩海和尚自筆の署名はなかったはずという点にございますな。鶴喰らい殿は、贋物を売り出すにあたりそこをどうしたか……。

鶴喰らい殿に、和尚の署名だけなら似せたものを書ける仲間がいたのか――揮《き》毫《ごう》される様々な文字ではなく、小さく入れる名だけであれば似せる苦労もずいぶんと少なくなるでしょうし、署名の部分をわざと汚して、判別しづらくすることもできるやもしれませんからな」

「……落款を押印するようになってからの真筆がどうであるかは判らぬが、それ以前の和尚の書には、確かに名を記しておらぬ物もあったたな」

倉本が、自らの調べで知っていたらしいことをポツリと漏らした。

他人が争って求めるほどの物だなどとは露《つゆ》ほども考えずに、ただ己の欲するがままに書き殴っていただけの道楽だった。それが世に出た当初は、名など書き入れていたはずもない。

――だから、署名のない落款だけの物でも不思議には思われなかったか。あるいは、名を入れずに落款を押しただけの物を、今の和尚は人に渡しているのか……。

裄沢がもの思いに耽《ふけ》っているのをよそに、先に気を取り直した倉本が言い掛けてきた。

「……そなたが今申したことで全て説明はつきそうだが、特に最後のほうはほとんど憶測に過ぎぬ話よな」

「調べに着手してまだほんの数日、鶴喰らい殿にも河津屋にもいまだ会えてはおりませぬ。今後もお任せいただけるのであれば、もう少しマシなお話ができようかと存じますが」

倉本は何か言い掛け、思い直して口を閉ざした。それから、ようやく言葉を発する。

「先ほど身共が示した意向に変更はない。町方が関わるのはここまでじゃ。後は我らに任せてもらおう」

「ご活躍を期待申し上げておりまする」

裄沢はそれだけを言って深く頭を下げた。

倉本には、「自身の兄とお家を守らんとして己の身を投げ出した隆次郎殿のために」という、裄沢が口にしなかった言葉が聞こえたような気がした。

十三

己が籍を置く北町奉行所へと、裄沢は足を進める。

これほど少ない日数で、しかも予測のできないような展開を迎えたことからして、他にどのようなやりようがあっただろうかと己に問うても、答えは見つからない。

しかしたとえそうであったとしても、この結末を仕方がないものとして受け入れることができずにいた。

――とはいえ、もはや俺に何ができるでもなし。

この上独断で動いても、よい結果がもたらされるという見通しは全く立たない。

　己が断罪されるのはまだいい。覚悟の上のことである限り、そうなったとしても後悔はしない。

　しかしながら、では実際どう動くかとなると、上手くいきそうな手立てなど一つも思い浮かばず、身動きが取れないのだった。

　この一件に関わったときから、己はすでに目付の視界の中に入れられていた。おそらく視野の隅にどうにか入っていたというぐらいであったろうが、隆次郎の死に際し倉本に対してあのような言動を行った以上、これよりの動きが見逃されることはまず期待できないだろう。

　すなわち、誰に会いにいくにせよ、結果が伴う前に掣肘《せいちゅう》を受け、確実に動きを封じられてしまうことになる。

　さらに、もしどうにか切り抜けて事態の真相を暴くような証《あかし》を手にしたとしても、それが誰の利益になるとも思えないことが裄沢の動きを押し留めていた。

　隆次郎が死んだことで、すでに酒井家の主である忠尚の願いは潰《つい》えている。鶴喰らい殿が断罪されたところで、そのために騒ぎが表沙汰になることを、決して喜びはしないであろう――それが、かような結末を黙って受け入れた隆次郎の想いに反することであるからには。

一方で、高安や河津屋が断罪されたとしても、これを実現したのが目付ではなく町方だったとなれば、領分違いへの手出しだとしてお奉行にまで多大な迷惑を掛けることになりかねない。

また被害を受けた中の一人であるはずの岩海和尚は、己の書画の偽物が世に出回った騒ぎなどに、まだ決着がついていない今このときですら関心を持ってはいない。谷刻堂に至っては、このまま何ごとも起きず人に知られぬまま一件が幕を下ろしてくれることこそ、一番の望みのはずだ。

己が満足する以外は、誰も喜ぶ結果には繋がらないのだ。

裄沢は溜息をついた。

今己にできることと言えば、こたびの一件の調べを命じてきた唐家に対し、ここまでの経緯をありのままに伝えることぐらいだ。

それをどこまで酒井家の忠尚に伝えるかは、唐家の判断に委《ゆだ》ねればよかろう。

もし、ろくな報告も受けられなかった忠尚が不満を持ったとしても、おそらくは唐家が酒井家から依頼を受けてまだ旬日（十日）も経っていないであろう今このときに「目付から制止を受けた」と言われたなら、先方とて文句のつけようもないはずであろうから。

そうは思いながらも、北町奉行所《きたのごばんしょ》へ帰る裄沢の足取りは重いままだった。

※

旗本馬預・高安直三郎は、この数年後にお役御免と謹慎を申し渡され、ほどなく切腹を仰せつかった。どのような罪状からさほどの咎めを受けたかについての公式文書の類は、幕末の混乱の中で散逸《さんいつ》したか、あるいはその後の震災や空襲で焼失したのか、歴史の闇の中に埋《うず》もれたままとなっている。

第二話　島帰りの男

一

酒井隆次郎の遺体を検分し、帰り際に目付からの警告を受けた裄沢は、北町奉行所に戻って内与力の唐家にそれまでの経緯を報告し、この一件についての役目を終えた。

もう、裄沢がこれ以上隆次郎の一件に関わることはない。酒井家の主で隆次郎の兄である忠尚も、隆次郎が死んで当人のためにやれることがなくなったとなれば、上《うえ》つ方《かた》か親戚一同かは知らぬが、それらの意向に逆らってまで、ことの深掘りを求めることはないであろうからには。

実際その後、唐家からにせよ他の誰からにせよ、この一件でさらなる動きを求められるようなことは一切なかった。酒井家や「鶴喰らい」殿のその後の動静についても、裄沢に知らされることはなかったのである。

一件が終わった翌日からは、また吉原の面番所で立ち番として、大門を潜る者らを監視する仕事に戻った。これからは、淡々とした日々がしばらく続くのであろうという、どこか釈然《しゃくぜん》とせぬものを抱えながらも平板な気持ちで、裄沢は通い慣れた吉原への道程を歩んだ。

そんな勤めがしばらく続いたある日。

「御免下さいまし。お役目中のお忙しいところご面倒をお掛けしやす。たいへん申し訳ありやせんが、お邪魔をさせていただきやす」

伝法《でんぽう》な口ぶりを残しながら、丁寧な断りを言葉にして面番所の中へ入ってきた男がいた。

そのとき裄沢は、立ちっぱなしの勤めにしばしの休息を取ろうと面番所の中へ引っ込み、手伝いに来てくれている御用聞きの子分から茶を供《きょう》されたところであった。

若い男らしい来訪者が顔を上げるのを見て、裄沢はわずかに驚いた。

「そなたは、確か仲神道《なかじんみち》の以蔵《いぞう》のところの――」

「へえ、裄沢様には何度かお目に掛かっておりやすが、名乗るなぁ初めてかと。

六《ろく》の字《じ》なんぞと呼ばれてるケチな野郎にござんすが、どうぞお聞き捨てになっておくんなさい」

「そうか、改めてよろしくな」

仲神道の以蔵は、将軍家菩提寺《ぼだいじ》の一つである芝《しば》・増上寺《ぞうじようじ》界隈《かいわい》を縄張《なわば》りとする香具師《やし》の元締《もとじめ》であるとともに、かつて北町奉行所で小者を勤めていた三吉《さんきち》が今、身を寄せている先でもあった。

三吉は以蔵にかなり重用《ちようよう》されているようで、年齢《とし》こそいってはいるものの近年一家に入ったばかりなのにもかかわらず、六の字らを指図する立場を与えられている。三吉自身の才覚によるところが大きいのであろうが、六の字らも気のいい男たちで、そんな三吉を哥貴分《あにきぶん》としてきちんと立てているようだった。

三吉は、御番所の小者を辞めるに至った罪を犯したときにお奉行から情けを掛けられたのだが、これに関わった裄沢にも過分な恩義を感じており、裄沢が以前臨時で定町廻りのお役を拝命した際には、自分から買って出て密偵のような役割を勤めてくれた。

裄沢はその後もときおり三吉を頼って手を貸してもらうことがあったのだが、六の字はこうした際に三吉の手伝いをしてくれたことで、裄沢と面識を得ることになったのだ。ただ、やってくれたことがいずれも縁の下の力持ち《うらかたしごと》の類だったから、名乗りを聞いたのは確かに今日が初めてになる。

「ところで、今日はどうした。わざわざこっちまで遊びに来たのか」

そうであるなら、妓楼の紹介まではできないものの、遊びの金の足しになるぐらいの小遣いは渡してもよいかと考えての問いである。

その一方で、自分に用があってこんなところまでやってきたのでは、という気もして、ひとまず問い掛けてみたのだった。芝に仕事場と住まいを持つ六の字が少し贅沢《ぜいたく》に遊ぶのなら深川《ふかがわ》のほうが近いだろうし、わざわざ吉原まで足を運ぶならば仲間と連れ立って乗り込んでくるような、陽気な気性の男に思えていたからだ。

「ええ、そいつが、ちょいと……」

やはり、遊びでやってきたのではないようだ。六の字は、御用聞きの子分から茶を渡されて頭を下げている。

すると、茶を渡し終えた御用聞きの子分が、遠慮がちに口を出してきた。

「裄沢様。ちょいと四郎兵衛《しろべえ》会所《かいしょ》に用があったのを思い出しやしたんで、はずさしてもらってよろしゅうございやしょうか」

裄沢は「ああ、行ってきてくれ」と頷いて送り出した。やってきたのが裄沢とある程度気安い間柄の男と見て、気を利かせてくれたのだ。

御用聞きの子分が面番所を後にしたのを見てから、裄沢は六の字に視線を戻した。

「で、どうした。もしや三吉に何かあったのか？」

六の字の俯《うつむ》きがちな様子を見て、一番気掛かりなことを口にした。

この男が裄沢に相談を持ち掛けるとなると、一番ありそうなのが三吉の身に何か悪いことが起こったのではという点であるし、もしそうなっても、三吉ならば裄沢《こちら》に知らせてくることなく自力で何とかしようと考えるであろうからだ。

「いえ、三吉の哥《あに》ぃが直接どうこうって話じゃあねえんですけど」

「なら、どうした――茶を飲みながらでよい。ゆっくり落ち着いて話せ」

「へえ、ありがとうございやす――ちょいと長い話になりやすんで、お仕事のお邪魔になるようでしたら、どうぞ途中でお止めなすっておくんなさい」

「なに、しばらくの間ならここから外を眺めていれば、話を聞きながらでも立ち番の用は果たせる。遠慮せずに話してみろ」

六の字は再び頭を下げてから、こんなところまでやってきた用件を語り出した。

「うちの元締の先代は達五郎《たつごろう》さんというお方なんですが、ちょいと訳ありで大島《おおしま》のほうへ流罪《るざい》になってたのが御赦免《ごしゃめん》（釈放《しゃくほう》）で戻ってこられたお人で」

江戸で罪を犯し島流しになった者が送られる先は、佐渡《さど》の金山を除けば大島、八丈島《はちじょうじま》、三宅島《みやけじま》、新島《にいじま》、神津島《こうづしま》、御蔵島《みくらじま》、利島《としま》の伊豆《いず》沖の七島であった。

「ほう。このごろ御赦免があったという話は聞かぬが、いつごろのことか」

島流しは、現代で言えば無期懲役《むきちょうえき》に相当する刑である。ただし現代の無期懲役が不定期刑で、相応の収容期間の後に釈放となるのが前提であるのに対し、当時の島流しは釈放の実現はあまり期待できない、ほぼ終身刑と見なすべき刑罰だった。

この御赦免が行われるのは、新将軍の就任時の祝いその他で恩赦《おんしゃ》がなされる場合に限られる。

「へえ、五年ほどは経ちましたでしょうか」

「ほう、すると家基《いえもと》様の十七回忌のときか」

徳川《とくがわ》家基は十代将軍家治《いえはる》の嫡男《ちゃくなん》であったが、将軍になる前に急病死しており、この物語の時代には十一代将軍として御三卿《ごさんきょう》（八代将軍吉宗《よしむね》の直系で、初代家《いえ》康《やす》の子の直系である尾張《おわり》・紀伊《きい》・水戸《みと》の御三家に次ぐ家柄）一橋《ひとつばし》家出身の家斉《いえなり》が就任している。徳川家斉は、将軍になれぬまま死去した家基の怨霊を生涯怖れ続けたとも言われており、その菩提《ぼだい》を篤《あつ》く弔《とむら》うことを欠かさなかった。

歴代将軍などの回忌法要が無事終了した折も、恩赦がなされる機会の一つだったのだ。家基は将軍になれずに死んでいるのに、節目となる回忌法要で恩赦が行われたのにも、家斉の意向がどこかで働いていたのかもしれない。

家基が死んだのが安永《あんえい》八年（一七七九）であるから、十七回忌はこの物語より六年前の出来事となる。回忌法要が終わってから恩赦をするかどうかが決まるまでに間があり、その対象者を選定するにもときが掛かる。また誰を御赦免とするかが決まった後でも実際に配流先から江戸へ戻すまでに三、四カ月ほど掛かっていたと言うから、その達五郎《はいる》という男が再度江戸の地を踏んだのが法要から一年遅れだったとしても、全くおかしなことではなかった。

「その、五年前に御赦免になった先代の元締がどうした」

「へえ。配流先《しま》から戻られた先代を今の元締の以蔵親分が迎え入れられて、日暮里《にっぽり》のほうにわざわざ家を求めて養生《ようじょう》してもらってたんでやすけど」

日暮里は江戸の北方、当時は風光明媚《ふうこうめいび》な鄙《ひな》として、富裕な者の隠居所や別宅が構えられるような土地であった。

島流しとなった受刑者は配流先で自活することが求められたが、島民に雇われるにせよ耕作のための土地を自分で拓《ひら》くにせよ、楽な暮らしはできなかった。その多くが病気や困窮《こんきゅう》などにより江戸に戻れぬまま死亡したとされるが、幸運にも御赦免となった者であってもそれは島流しから二、三十年ほど経った後のことが多く、老いさらばえた身体で戻ってくるのが当たり前の有りようだった。

お上としては、そうなったからこそ江戸に戻しても再び悪事に手を染めることは少ない、との判断があったのかもしれない。

「達五郎に身内は？」

戻ってからの養生先に家族がともに移ったのか、ふと気になって尋ねた。

「いや、江戸に戻ってからぁお独りだと思いやす。少なくとも今は、元締が手配した下働きに世話ぁさせて独り暮らしをなさってるはずで」

もともと係累《けいるい》とは縁のないような生まれの男なのか、あるいは島流しとなっている間に関わり合いがみんな切れたのか……。

直接自分とは関係のない裄沢への配慮を、手下《てか》に加えた三吉へ求めるような情の篤い以蔵が、自分の先代の家族を見捨てるようなことをするはずはないとは思うが、それでも江戸に残された家族が病没してしまったなどということは十分考えられる。

二

裄沢が一人考え込んでいると、六の字がぽつりと漏らした。

「その先代が、十分養生できて身体も戻ってきたから、一度芝に顔を出してえと言い出されたそうで」

「……今の元締からすると、かつて采配《さいはい》を振っていた者に今さら大きな顔をされたくはないか」

あえて口にした裄沢の言いように、六の字はムッとした顔になる。

「元締は、そんなお方じゃありませんや」

「ならば、何を案ずる」

裄沢の、こちらの性根を質《ただ》すような鋭い警句に、六の字はまるで心の内を見透《みす》かされたとばかりにハッとさせられた。そして、考え考え言葉を紡《つむ》ぐ。

「以蔵の元締は、気性のさっぱりとした親分で、自分のことは余所《よそ》において人のために動かれるようなお人です。元締になったのも先代からのご指名があったからで、先代がお縄になって配流先《しま》へ送られるようなことがなきゃあ、今のご自身の身の上はねえとお考えになってると思います」

「先代が戻りたいとひとこと言えば、以蔵はあっさり元締の立場を譲るだろうということか」

「あっしなんぞが元締のお考えをまともに斟酌《しんしゃく》できる訳《わき》ゃありやせんが、そうなってもおかしかねえかと」

「それでは困るか」

「あっしらは、最初っから今の元締にお世話になってやすから」

「先代の達五郎とは、どのような人物なのだ」

「今言ったとおり、あっしは直にお人柄を知ってるわけじゃありやせんけど、大分《でえぶ》厳しいお人だったようで。当時は鬼達《おにたつ》と呼ばれてたと、聞いておりやす」

「その厳しいお人に上に立たれては迷惑か」

六の字は、心外だという感情剝《む》き出《だ》しに「そんなんじゃねえんで」と言い返してきた。裄沢の無言の促しに続ける。

「実ぁ、先代はずっと大人しく日暮里で暮らしていなすったのが、急にこっちへ出てくると言い出されたにゃあ、ちょいと理由《わけ》がありやして」

「理由？」

「へえ。あっしらの哥貴分で、一家でもずいぶんと上に立つ者ん中に音二郎《おとじろう》って哥ぃがいるんですけど、そのお人がどうやらこのところ、よく先代の家へ顔を出していなさるようなんで」

「そなたの哥貴分だとすると、今の商売も長いのであろう」

「へえ、あっしなんぞよりゃあ、ずっと」

「ならば、先代の下で働いていたこともあったのではないか。もしそうなら、ご機嫌伺《きげんうかが》いに行くのは何らおかしなことではなかろう」

「確かにおっしゃるとおりでやすが、音二郎の哥ぃが先代のとこへよく行くようになったなぁ、先代が配流先から戻られてから大分後のことで。あっしが気づいたなぁ、先代がこっちへ顔を出してえと言い出した後ですけど、おそらく《おそらかあ》は早くっても去年ぐれえからじゃねえかと」

「そなたが言いたいのは、音二郎に何か魂胆があって先代の住まいへ顔を出すようになった、その音二郎に焚《た》きつけられたがゆえ、先代は後を任せたはずの以蔵のところへしゃしゃり出ようとしている、ということか」

「そうじゃねえかってえのを案じておりやして」

「そなたの心配ごとに、何か根拠はあるのか」

「へえ……あんまり言いたかありやせんが、音二郎の哥ぃは、三吉の哥ぃのことぉ、あんまりよく思っちゃいねえようなんで」

「ずいぶんと後から以蔵のところへ入った三吉が、元締に重く用いられているのが気に食わぬか」

「音二郎の哥ぃからすりゃあ、三吉の哥ぃにお株を奪われたように思っていなさるんじゃねえかと――三吉の哥ぃが迎え入れられたころは面倒見よく言葉を掛けてたのが、このごろ《こ の ご ら あ》は仕事の用でもねえと無駄話どころか目も合わせねえように なっちまってまして。

　あっしみてえに三吉の哥ぃと親しいと思われてる野郎の前じゃあそんな様子は見せませんけど、陰じゃあいろいろと言ってるって話がこっちのほうまで聞こえてくる、なんてこともありやして」

「単に気に入らぬというだけでなく、自分の立場が危うくなりそうなんで、頼りになりそうな先代のところへ縋《すが》っていったと？」

「下から見てる限りじゃあ、そうじゃねえかと思えちまうんで――いや、あっしばかりじゃあねえですぜ。周りの連中がそんなこんなでちょいと浮《う》き足立《あしだ》っちまってるんで、どうしたもんかと」

「三吉はどうしておるのだ」

「三吉の哥ぃは、いつもだったらみんなにバシッと言って引き締めるとこなんでしょうけど、なにしろ相手が相手なもんで、今んところは黙って成り行きを見守っていなさるって感じじゃねえでしょうか。

おいらたちの仲間ン中に、身のほど知らずもいいとこなんですけど、三吉の哥ぃに向かってどうするつもりかと真《ま》っ直《つ》ぐ問い掛けたお先走りがいたんでやすが、余計なことに口出しすんじゃねえとガッツリ叱られて、後《あた》ぁそのまんまでさあ」

裄沢は、三吉に想いを馳《は》せた。

あの男ならば、以蔵が己の地位を先代に渡すと決めればあっさりその意に従うであろう。そして立ち去ることになるにせよ、あるいは下働きからやり直させられることになったとしても、黙々と言われたことに従うだけのはずだ。

裄沢に対しては、何も言っては来るまい。むしろ知られることを厭《いと》い、隠そうとするはずだ。六の字の言が大袈裟なものでないとすれば、この一件が済むまではよほどのことでも起きない限り、裄沢と顔を合わせるのを避けようとするものと思われた。

裄沢はしばしの沈黙の後、こちらを覗《うかが》っている六の字へ目を向けておもむろに口を開いた。

「話は聞いた。が、今のところ俺にできそうなことはないな」

裄沢の発言を聞いて、六の字は明らかに落胆の表情を見せた。

裄沢は淡々と告げる。

「考えてもみよ。芝で増上寺をはじめとする名刹《めいさつ》を縄張りに持つ元締が、己の地位を守るのに町方の手を借りたとなって、面目が保てるか」

「そいつは……」

「三吉にしてもそうだ。そなたが俺のところへ助けを乞いに来たと聞いて、あの男が喜ぶか？」

言われた六の字が、意表を衝《つ》かれたという顔の次に浮かべた表情は、期待はずれだった裄沢への感情か。それとも、言及されるまで考えが及ばなかった己に対するものか。

ただ、裄沢の発言はこれで終わりではなかった。

「ゆえに、今のところ俺にできることはなさそうだ——まだ、今のところはな」

その言葉尻に、落ちていた六の字の視線が上がる。

「そなたと連絡《つなぎ》がつくよう、段取りは調えられるか——あの二葉町《ふたばちょう》の居酒屋《なわのれん》はいかぬぞ。あそこでは、いつ三吉とバッタリ出くわすか判ったものではないからな」

二葉町の居酒屋というのは、三吉が裄沢の探索を手助けするようになってから、二人が連絡を取り合うときに使うようになった見世のことだ。裄沢が六の字と初めて出会い、手伝いを申し出てもらったのも、その見世でのことだった。

「……お助けくださるんで？」

「それを期待してここまで足を運んできたのであろう。俺も、三吉をはじめそなたらにはずいぶんと世話になっておる。やれることに限りはあっても、その中で手を尽くすことは厭わぬつもりだ」

裄沢の示した意志に、六の字は深々と頭を下げた。

その六の字へ、裄沢は言葉を続ける。

「とはいえ、先ほども口にしたとおり、今のところ俺では動きようがない。そこでだが、まずは何ができそうか考えるためにも、もう少し詳しい話を聞いておきたい」

「へえ、どんなことにございやしょうか」

六の字も真剣な顔で問うてくる。

「何についてでも、関わりがありそうなことはとりあえず全てだ。たとえば先代の元締の為人《ひととなり》。なぜ、どんな罪を犯して島送りになったか。戻ってきてからの日暮里での暮らしぶり、その他諸々《もろもろ》――判ることは全てだな。

先代のところへ頻繁《ひんぱん》に通っているという、音二郎という男についてもそうだ。そして、仲間内に音二郎と同調している者がいるかどうか、いるならば何人ほどで、それぞれの仲間内での立場はどうか、などなど……知れることは、あればあるだけよい」

いちいち頷いて聞いている六の字へ、裄沢は「ただし」と釘《くぎ》を刺す。

「今すぐには答えられぬこともあるだろうが、周囲から不審がられるほどにいろいろと聞き回るのはやめておけ。そなたが一度でも怪しまれるようなことがあれば、先代のほうと今の元締、両方から剣突《けんつく》を喰らわされることになりかねぬ。さすれば、そなたの居所がなくなるばかりでなく、俺と仲神道の面々との関わりもみんな切れてしまうことまであり得よう。そんなことになるのを、そなたも三吉も望みはすまい」

　裄沢の問い掛けに、六の字はただ頷く。

「そなたがやるべきことは、これまでと変わらぬ様子で皆と接する中で、ただ耳を欹《そばだ》てることだけだ。それで疑問に思ったことが生じたとしても、いちいち尋ねるようなまねはしなくてもよい。本当に大事だと思ったことだけ、他の者が問うたり答えたりしている中にそっと忍ばせられるときだけ訊けばよい」

「……ずいぶんと難しゅうござんすね」

「できそうになければ、やれると思えたことだけやってくれ――まだ何ができるか全く判らぬままに手探りをしているところだ。ここで蹴躓《けつまず》いてしまっては、何も始まらぬうちに手をつけかねるようなことになってしまうやもしれぬ。

　こちらが思い切って動き出すことがあるとすれば、それはやりようについての方策がしっかり定まった後。今は、くれぐれも用心深く振る舞うことだけ心掛けよ。焦《あせ》って失敗《しくじ》るよりは、何の収穫も得られぬほうがまだマシだ。それを踏まえて、日々を当たり前に過ごすことを第一に探ってもらいたい」

「承知致しやした。やらせていただきやす――あっしらのような者のために、ここまでお心遣いをいただけることに、深く御礼申し上げやす」

「三吉をはじめそなたらがこれまでやってくれたことに対する返礼だ。気を遣うことはない。

　それより、この先どう連絡《つなぎ》を取っていくか、それをそなたにも考えてもらいたい。期限は、とりあえず今月中ということにしておこうか」

「へい。承りましたが、その期限にゃあ何か理由《わけ》がお有りで？」

「なに、月が変われば北町奉行所は非番月となり、俺のここでの立ち番の仕事もいったん終わって、好き勝手に動きやすくなるというだけのこと。その代わり、俺が居るものと思ってそなたがここへ来ても、南町の隠密廻りの顔を拝むことになるばかりだがな」

「なるほど、その前にきちんと連絡が取れる場所を決めとこうってこってすかい」

「ああ。今月中なれば、ちょっと遠いがここへ来てもらえれば話はできる」

「いや、昼にここなら、そうそう仲間内の連中にバレるってことはねえでしょうから、段取りつけるまでは来させていただきやす」

「ああ、非番（公休日）でここに来ない日だけは伝えておこうか」

「へえ、お願いしやす——ところで連絡の場所にございますが、八丁堀《はっちょうぼり》のお屋敷へ裏からお伺いしたんじゃあ、いけませんので?」

「たびたび訪ねて参ったら誰かの目につくかもしれぬと思うてな。そなたが気にせぬならば、それでもよいのだが。

幸い今の俺は隠密廻り。吉原の面番所での立ち番からはずれる来月なら、仕事の最中でも普段着でいられる。どこで会《お》うても、俺のほうはさほど目立つということはないと思うが」

「なるほど、判りやした。そいじゃあ、なるべく裄沢様のご負担にならねえところを見繕《みつくろ》ってみますので」

それで突然始まった打ち合わせを終えて、いくらか元気を取り戻した六の字は去っていった。

三

裄沢は翌日、吉原へ出向く前に北町奉行所へ立ち寄った。こたび相談を受けた件に裄沢が関わるかは、六の字の探りと今後の成り行き次第だが、今の時点で己にできる調べもあると考えたからだ。

すでに町奉行所の出仕の刻限は過ぎており、今ごろ門を潜って入ってこようとする町方役人はほとんどいない。面番所での立ち番のため町方装束を身に着けている裄沢は、近ごろ奉公に上がったばかりなのか、あまり見掛けたことのない門番の小者から奇妙な目で見られながら挨拶された。裄沢は、軽く言葉を返しただけでその脇を通り抜けた。

北町奉行所の表門を通った裄沢は、門に連《つら》なる同心詰所へは足を向けず、真っ直ぐ奉行所本体の建物に入った。

玄関脇の式台《しきだい》から中に入ると、すぐに左手のお白洲や吟味方の詮議所《せんぎしょ》などがあるほうへ足を進める。詮議所が並ぶ途中から鉤《かぎ》の手《て》に折れ、お奉行が幕閣としての仕事や家の仕事などをするときに用いる内座《ないざ》の間《ま》の脇を抜けて、さらに奥へと向かった。

裄沢が到達したのは、奉行所本体の大きな建物でも表（仕事場、公的な場所。奉行所本体の建物の裏のほうには、奉行やその家族らの生活空間である「奥」がある）の南側では一番奥のほうになる、赦帳撰要方詰所《しやちようせんようかたつめしよ》であった。

「御免《ごばんしょ》」

ひと言断って中へ踏み入った裄沢は、応対に出た見習い同心に知り合いを呼んでもらった。見習いに声を掛けられて、当の人物がやってくる。

「裄沢殿……」

裄沢が呼び出したのは、己の組屋敷の隣家《りんか》の主であり北町奉行所では赦帳撰要方人別調掛《にんべつしらべがかり》を勤める関谷左京之進《せきやさきょうのしん》だ。

もともと裄沢が親しかったのは、幼いころから家を抜け出して遊びに来ていた関谷の娘・茜《あかね》だった。その茜が裄沢に巻き込まれる形で拐《かどわ》かしに遭《あ》いかけ、悪い噂が流れる中で望まぬ縁談を受けざるを得なくなるところを、裄沢の尽力もあって玉《たま》の輿《こし》とも言える良縁に恵まれたという一連の経緯があった。

奉行所でいい評判を聞かぬ裄沢のことを疎《うと》ましく思い、さらには大事な娘が裄沢のせいで危難に遭いかけたこともあって敵視していた関谷も、今では顔を合わせれば穏やかに挨拶してくれるようになっている。

しかし、突然仕事場で呼び出されたことには困惑を隠しきれぬ様子である。

「お忙しいところを申し訳ありませぬ。一つ、お教えいただきたいことがありまして顔を出しました」

「なるほど。それは？」

裄沢は、五、六年前に配流先の大島から御赦免で江戸へ戻ってきたはずの達五郎という男のことについて、赦帳撰要方に残っている記録を知りたいと願いを述べた。

赦帳撰要方では、八代将軍吉宗のときから、これまでのお白洲での判例を取り纏《まと》めて『撰要類集《せんようるいしゅう》』という資料を作成する仕事に人数が割《さ》かれるようになったが、本来の業務は未決死刑囚や流人《るにん》の罪状を調べて、恩赦が実施される前にその候補者の名簿を作成することにあった。その本来業務について問い合わせるため、裄沢はやってきていたのだ。

「これにございますな……孝恭院様《こうきょういん》——先代大樹《たいじゅ》（将軍）の御世子《ごせいし》であらせられた家基様十七回忌の恩赦で、寛政《かんせい》八年（一七九六）に江戸へ戻っておるようです」

しばらく積み上がった紙の束の前で、抜き出した冊子を広げてみたり、別な物を手に取ったりしていた関谷は、ようやく目当ての書付を見つけて裄沢のところへ戻ってきながら、まだ手許に目を落としていた。ふと顔を上げて問うてくる。

「この者が、何か？」

二十年、あるいはそれよりももっと長い間海の彼方《かなた》へ追いやられ、身寄りどころか知り合いすらろくにいない浦島太郎《うらしまたろう》のような身の上になって戻ってくるのである。そのまま「自由の身になったのだから好きに生きろ」と放り出されても、まともな暮らしが成り立つ者などほとんどいない。

そんな者がまた何らかの罪を犯したとしても、恩赦の人選をした役人のせいではないのだが、それでも関谷は職責上、良心に訴えてくるものを覚えたようだ。

「いえ、この者が新たに何かの罪を犯した疑いが出てきたわけではありません。ただ、この者の周りにいる者との関わりから、知っておいたほうがよいかと思われることが生じましたので」

裄沢の返答にいくらか安堵した様子でまた視線を冊子に戻した関谷が、内容を拾い読みしながら声を出す。

「達五郎は……ほう、香具師でしたか。罪状は博打《ばくち》の胴元《どうもと》……お沙汰が下り島に渡ったのが天明《てんめい》三年（一七八三）？　……」

関谷が何か思うところがある表情で顔を上げ、己の感想を述べた。

「大島《むとう》にいたのが十二、三年ほどとなると、ずいぶんと早い御赦免ですな」

御赦免の対象としては、庶民が五年以上、武家は三十年以上流罪の刑に服している者、という基準がいちおうはあったようだ。しかしこの基準を満たしてすぐに御赦免が適用された事例はごく少ない。庶民でも、二十年やそこいらは島で暮らした後に、ようやく運のいい者に御赦免がなされるというのが通例であった。

「その早い御赦免については、何か記述がありますか」

「……いや、特に書かれていることはないようですが」

「達五郎が御赦免になった当時、関谷殿はすでに赦帳撰要方《こちら》でお勤めでしたか」

裄沢の問いに眉根を寄せて記憶を辿ってから、関谷は答えてきた。

「身共がお役替えでこちらに来たのは、ちょうどそのすぐ後ぐらいであったかと思いますが」

「では、この書付を作られた方とか、当時のことをよく憶えていらっしゃる方はおられましょうか」

「心当たりが二、三人おりますが、すでに隠居したり本日は非番であったりしておりますので、こちらで当たってみてからのご返答ということでよろしいですか」

「お手間をお掛けしますが、よろしくお願いします」

頭を下げた裄沢に、関谷は「これくらいのことで、裄沢殿から受けたご恩に報《むく》いられるのでしたら」と、あっさり請け負ってくれた。

赦帳撰要方詰所を出た裄沢は、廊下を戻っていく途中でまた別の部屋へと立ち寄った。

「お邪魔致します」

前の部屋より気軽な声の掛け方をしたのは、以前よく顔を出していたところだからだ。裄沢が訪れたのは、玄関から見て吟味方の詮議所の一つ手前になる、例《れい》繰方《くりかた》詰所だった。

「これは裄沢さん。また、お役目で調べ物ですかな」

裄沢の声に応じて顔を出した例繰方の同心が、相手を確認して親しげに問い掛けてきた。

裄沢が今の隠密廻りを拝命する前に従事していた用部屋手附《ようべやてつき》で主体となる仕事は、お白洲で下される刑罰についての過去の判例の洗い出しや、各種文書の草案起稿などである。このため、判例をはじめとする様々な文書を集積し保管するのが主な役目の例繰方とは、頻繁なやり取りがあった。

裄沢が現在のお役に就いてからも、たとえばつい先日起きた火付盗賊改方との諍《いさか》いにおいて、解決のために大いに役立ってもらったばかりだったのだ。

「ええ、たびたび申し訳ありませんが、今度は二十年近く前に島送りになった男について、当時の事情が書かれた物を見せていただければと思いやって参りました」

「なるほど、二十年近く前ですか」

「赦帳撰要方で先ほど訊いてきたのですが、向こうの記録によれば博打の胴元として捕まった香具師の達五郎、実際に遠島の沙汰が下って大島に渡ったのは、天明三年のことだったようです」

願いを受けた例繰方の同心は、裄沢を伴い書物蔵《しょもつぐら》へと足を運んだ。そうして蔵中の棚《たな》に溢《あふ》れるほど積まれた紙の束から、さほどときを掛けることなく目的の冊子を見つけ出した。

「これですな」

「拝見しても？」

どうぞ、と広げたまま手渡された冊子を礼を言って受け取り、注意深く読み込んだ。

「これによると、やはり達五郎は香具師となっておりますな」

「裄沢さんは違う話を聞いておられると？」

「はい。ただの香具師ではなく、その元締だったと聞いております」

例繰方の同心は「ちょっと拝借《はいしゃく》」と裄沢からいったん冊子を取り返し、自分でも目を通した。

「……確かにそうなっておりますな。元締であれば、単に香具師と表記するのではなく、香具師差配《さはい》などと書かれているべきかと思いますが」

「書き落としということでしょうか」

「いや、吟味の上でお裁きが下されたことをここに記しているのですから、そのような間違いはあまり考えられないかと」

そう呟きながらわずかに考え込んでいた例繰方の同心は、ふと思いついたことのある顔で裄沢を見上げた。

「そうですな。たとえばですが、香具師の元締だと都合が悪いような事情があれば、ただの香具師として取り扱うようなこともあり得るかと」

「都合の悪い事情……」

「遠島の沙汰が下れば、欠所《けつしょ》として当人の身上《しんしょう》（財産）は全て召し上げられることになります。そうさせたくないなら、もともとろくな身代《しんだい》（家財）など持ち合わせていない、ただの香具師だとして扱うこともあり得るかな、という意味です」

達五郎は香具師の元締をしている以蔵の先代だということだから、少なくともその地位は次へ受け継がれたことになる。受け継いだ以蔵が今、将軍家菩提寺である増上寺をはじめとした有力な縄張りを維持していることからすると、身寄りのない先代の身代のうち少なからぬ部分は以蔵に譲り渡されたと考えられた。

——しかし、もしそうなら……。

「もしそうだとすると、達五郎たちにとって都合の悪い事情を隠すことを、お上が認めたということになりますな」

裄沢の指摘に、例繰方の同心はばつの悪そうな顔になる。

「まあ、あくまでもたとえばの話ですから。裄沢さんが言われたように、当時調べに当たった者が、当人やその周りの者らの言うことをそのまま鵜《う》呑《の》みにしたということだって、なくはないでしょうし」

それはそれで問題だが、お上が香具師の元締のような者の身代に配慮したかもしれない、という疑いを口にするよりはずいぶんマシだと思ったのだろう。

これ以上いろいろ問うても、もうただの憶測しか出てこない。裄沢は適当に切り上げると、礼を言って世話になった例繰方の同心と別れた。

四

それから数日。裄沢は非番の日を除き、毎日吉原の面番所で立ち番を勤めながら過ごした。その間、六の字は一度だけ吉原に顔を出した。

六の字の用件は、今後三吉や同輩たちに気取《けど》られぬような連絡《つなぎ》の取りやすい場所をどこに定めるかということだったが、六の字からはあまり都合のよさそうな候補は挙がらず、結局裄沢がこれまでよく使ってきた北町奉行所の近く、一石橋《いちこくばし》袂《たもと》で蕎麦屋《そばや》兼業で営《いとな》む居酒屋とすることにした。

会って必要ならば相応のときを掛けて話し込まねばならないことから、それぞれの住まいや仕事場からそう離れたところに場所を設定することはできない。六の字がよく知るようなところは彼の仲間が顔を出す懼《おそ》れがある一方、裄沢が六の字と酒を酌《く》み交《か》わしているところを北町の面々に見られても、すぐに悪い影響が出ることはなさそうに思えたのだ。

裄沢を知っている者が見たこともない町人と頻繁に会っているところを目撃すれば、その相手は、廻り方を勤める裄沢が使っている手先か密偵だと思ってくれるだろう。またそんな相手と話しているところへ、口を挟んできたり聞き耳を立てたりするような猛者《もさ》がいるとも思えない——なにしろ仕事の邪魔をすることになる相手が、上役のはずの与力ですらこれまで何人も飛ばしてきた裄沢なのだから。

裄沢のような異端児《かわりもの》を除けば、お役人はみんな御身大事《おんみだいじ》。触らぬ神に祟《たた》りなし、が信条なのである。

裄沢が普段使っているわけでもない見世で六の字と密談しているところを周囲の者に目撃されたら却《かえ》って余計な興味を惹《ひ》きかねないし、同様の理由で六の字が八丁堀の組屋敷周辺で何度も人の目に触れるよりはマシであろうと、判断したがゆえの選択だった。

ほどなく月が変わり南町が月番となったため、裄沢は吉原での勤務から解放されることになった。

裄沢もさすがにもう、御府内《ごふない》の有りようを憶えるための町歩きはほぼやめている。終わったという感覚が持てる類のことではないが、いつまでやってもきりがないため、自分で踏ん切りどころを見定めるしかないのである。

代わりといってはなんだが、内与力の唐家や深元から指図を受けて細かな調べ物などをいろいろとこなしていた。

そうすると、受命《じゆめい》と結果の報告のため北町奉行所《きたのごばんしょ》には頻繁に顔を出すことになる。同じ隠密廻りで先達の鳴海からは、「いざ隠密の探索となったときに急に奉行所に顔を出さなくなると、密命を受けたことを周囲に覚《さと》られてしまう」と忠告を受けていたが、上役がこのような使い方をしてくる以上は仕方のないことであった。

このごろの裄沢は、三日おきぐらいで夕刻に一石橋袂の蕎麦屋兼業の居酒屋に顔を出してから帰宅することが多かった。裄沢に何か伝えることができたなら、その時分にこの居酒屋で待っているという話にしていたのだ。六の字は六の字で様々な仕事を言いつけられることから、それ以上のきちんとした定めを設けることはできずにいるのだった。

その日裄沢は、このごろ始めた習慣どおり、件《くだん》の蕎麦屋を兼業している居酒屋へ立ち寄った。これまでの二度ほどは見世の中を見渡しただけですぐに踵《きびす》を返していたから、本日六の字の姿が見えなければ夕飯ぐらいは食して帰るつもりでいた。

縄暖簾《なわのれん》を手で払い、見世の腰高障子《こしだかしようじ》になっている引き戸を開けて中を覗く。ぐるりと中を見渡すと、こちらに顔を向けたばかりの六の字と目が合った。

裄沢はそのまま中に踏み込んで、腰を浮かせ掛けた相手を手で押し留めながら近づいていった。

「ご足労いただきやして、あい済みません」

小さく頭を下げてきた六の字に、「なに、俺にとっちゃあ北町奉行所《しごとば》からすぐだ」と宥《なだ》める。寄ってきた小女に適当に注文してから、腰を下ろした。

「お前のほうこそ、今日は抜け出してきて支障はなかったか」

「へえ。香具師なんぞは道端《みちばた》で営業《やつつける》する昼の商売《しようべえ》でやすから。仲間内からの夜の誘いだって、毎日あるわけでも付き合うわけでもございやせんし」

そんな話をしていると、小女が裄沢の酒と肴《さかな》を運んできた。見世の奉公人も去ったところで、酌《しやく》をしてこようとしたのを断りさっそく本題に入る。

「で、いくらか判ったことがあったか」

「へえ。大《てえ》したことじゃねえかもしれませんけど、いちおうのところを申し上げておこうかと」

「聞こうか」

「まずは先代の元締ですけど、郷里《さと》の流行病《はやりやまい》で親兄弟のいっさいを亡くし、たった独りで江戸へ出てきたお人だったそうで。それが先々代に拾われてからどんどん出世して、先々代の一人娘と夫婦《めおと》んなって跡を継いだお方だそうでやす。そのかみさんも最初の子を死産したとき一緒にあの世へ逝《む》っ《こ》ちまっ《う》たそうで、そっからあ、先々代や死んだかみさんへの義理立てなのかどうか、四十二の歳で島送りんなるまで後添《のちぞ》えを娶《めと》ることもなかったそうです」

「すると、今年でちょうど六十か。もうけっこうな歳だな――その先代が島送りになる前後のことは、何か聞けたか」

「へい。どうやら、自ら名乗り出られてお縄んなったらしじゅうございやす。先代はその前に、いまの元締にきちんと跡をお譲りなすって身の回りを綺麗にしてから、お奉行所へ自訴《じそ》に出向いた（自首《じしゅ》した）って聞きやした」

「すると以蔵は、突然先代が召し捕られて皆がアタフタしているところを自力で取り纏めた、というわけではないんだな」

「まあ、一番上のお人が急に居なくなっちまったんだから、みんな動転はしたでしょうけど」

――先代の達五郎は、牢屋敷へ入るまでに身の回りを整理するだけの余裕があり、しかもお白洲でその行為を咎められるようなことはなかった。むしろ、達五郎が受け継ぎ以蔵へ渡した芝の縄張りを含む身代いっさいは、周りから手出しされることもなく保護されたように思える。

やはり顔見知りの例繰方同心が想像したとおり、どこかの上つ方からの意向が働いた気がした。

「増上寺を含むそなたらの縄張りは、江戸城《おしろ》の南側では最も収益《あがり》がよいところだろう。元締が捕縛《ほばく》されたゴタゴタを絶好の機会と見なして、ちょっかいを掛けてくるような同業者《れんちゆう》はいなかったのか」

「いや、先代がお縄んなったころのことを聞いてても、あのころどこぞとやり合ったってな話は一つも出てきませんでしたねえ。そんだけ、今の元締がすぐにしっかり中を纏め上げたってことじゃねえですかねえ」

「そうか——では次に、先代の元締が江戸へ舞い戻ってきたときのことを訊こう。そのころのことについて、何か耳にしているか」

「そっちはあんまり大したこたぁありやせん。前にもお話ししたかと思いやすが、戻ってきなさることを今の元締が知って、日暮里のほうへ養生のための家をお求めになったってことぐれえ——ああ、いや。そういや最初のうち、元締は先代を自分の家《とこ》へお迎えなさるつもりだったってことでした。ところが実際に戻ってきた先代から求められて、急いで新たな家と、そこで先代の世話をする人を捜すことんなったって、そう言ってた者《もん》がおりやしたね」

「離れて暮らしたいと言い出したとしても、勝手知ったる場所だった芝界隈を先代は望まなかったのか。以蔵にしても、自分の手許で世話をするつもりだったなら、近くに家を求めそうなものだが」

「どこまでかぁ確かめちゃおりやせんけど、元締は先代の意向に添うことを頭に置いていろんな世話をしたって聞いたように思いますが。今度もういっぺん確かめてみやす」

「あまり細かいことにこだわった訊き方をすると、相手から妙に思われかねない。加減をわきまえた上で頼むぞ」

「へい、肝《きも》に銘《めい》じておきやす」

「それから、音二郎がよく家に上がり込むようになる前の、先代の様子についてはどうか」

「そいつは、申し訳ねえんですが、正直なとこよく判りやせん。先代が日暮里へ引っ込んじまった後《あた》ぁ、場所も離れてやすし、あっしらの仕事にもいっさい関わっちゃあこられませんでしたんで。音二郎の哥ぃが妙な動きをするまでは、誰も気にしちゃいなかったってえのが、ホントのところで」

六の字にせよ誰にせよ、音二郎が動き出すまで危惧《きぐ》を覚える者など一人もいなかったのであれば、仕方のないことだ。裄沢は話を次に進めることにした。

「では、今どうなっているかについてだな。音二郎が先代の家まで行って何をしているのか、はっきりしたことは何か判るか。そしてその音二郎の動きに気づいている者が、そなた以外にいるのか。いるなればどのような人物がどの程度の数か。そして、以蔵自身はそれに気づいているか、気づいているならそれをどうしようとしているか――そんなところで、話せることがあったら教えてくれ」

「まず誰が勘づいてるかってこってすが、先代のとこにゃあ元締からの時節のお届け物やら雇われ人の給金の払いだとかで、しょっちゅう人が行っておりやす。

それこそ、ちょっとした手紙や届け物《もん》なら見習いを使いっ走りでやることもありやすし、折々の挨拶なんぞには元締自身がお出向きなさるにせよ、そのお供をする者がいたり、あるいはそこまで格式張っちゃいねえけど、いちおうは上の者がお伝えしなきゃならねえようなこともありやすんで。そんときゃあたぶん、島に送られる前から顔馴染みだった音二郎の哥ぃが昔っからずっと請け負いなすってたんじゃねえかと思いやす。

そういうことですから、このごろ足繁《あししげ》く通うようんなったなんて気づいてる奴ぁどれだけいるか……。

むしろ、あっしみてえにちょいと振る舞いが怪しいなんぞと気にしてるなぁ、哥ぃの言葉の端々から三吉哥ぃのことぉ気に食わねえんだろうなぁって感じてる者ぐれえじゃねえかと。そういう連中が音二郎の哥ぃについつい目が行っちまって、『あれっ、用もねえのにずいぶんと先代のとこへ足ぃ運んでねえか』って案ずるようになったってとこですかね。人数は、あっしを含めてほんの三、四人ぐれえだと思いやす」

「その人数の中に、元締の以蔵や三吉は含まれていないのだな」

「へえ。おふた方のいずれかがお気づきになってるのかどうか、音二郎の哥ぃと話すようなときも、顔色一つ変えることなく、これまでとおんなしように応対してらっしゃいますから」

「先代に対する以蔵の想いは、島から帰って身柄を引き受けたときから全く変わってはおらぬか」

「少なくともあっしら下の者の目からすりゃあ、ずっと敬《うやま》って丁重《ていちょう》に接していなさるように見えてますが。ついでに三吉哥ぃのことも申し上げやすと、元締のなさりようにそっくりそのまんま従ってらっしゃるようにしか見えません。まあ、三吉哥ぃが先代と関わるようなこたぁ、挨拶に行く元締のお供にでもつかなきゃあ、これまでなかったように思いますが」

三吉の人柄からすれば、自分のことをそのまま受け入れてくれただけでなく、心に秘めた想いを叶えてやろうとする心配りまで見せてくれた相手には、確かに自分も私情などいっさい差し挟むことなく、身を捨てるほどの献身をするだろうと思えた。

そして以前に三吉から聞いた以蔵の人柄からすると、己を後継としていっさいを委《ゆだ》ねて島に渡った先代に対して、以蔵も三吉同様の接し方をするであろうと判じられた。

六の字が溜息をつく。

「音二郎哥ぃのこのごろの様子をどこかおかしく思ってる連中も、あっしほどこの先に不安を覚えてはおりやせんで。裄沢様には申し訳ねえですけど、今の心配《しんぺえ》がただのあっしの取り越し苦労ならどんなにいいか」

「そう思えぬがゆえに、俺のところまで来たんだろう。六の字、そなたがさほどに不安を覚えるのはなぜだ。どんなきっかけがあったのか、思い出してみよ」

六の字は「そうですねえ」と呟いて、しばらく宙を見上げていた。指摘を受けて初めて気がついたような顔で、視線を祐沢へ戻す。

「そうでやすね。嗤《わら》い、でしょうかね」

「わらい……」

「陰のほうで嘲笑《あざわら》うとか皮肉るとか、そっちのほうの嗤いで――ってても、顔一面に浮かべてとかじゃねえんですよ。それだったらまだ潔《いさぎ》い分だけマシなんでしょうけど、あの嗤い方はなんつうか、相手に見えねえように、ソッポ向いて口の端だけ引き上げてるようなやりようなんで。

三吉の哥ぃから顔ぉ背《そむ》けてる分、気にもしてねえこっちからぁ丸見えなんで、余計にこうね、人のこった けど腹が立つっつうか」

「そんな嗤いを、どのようなときに浮かべていたのだ」

「ごく当《あ》たり前《めえ》の話ぃしてるときですよ。普通に相手に返事して、それ聞いた相手が合点《がてん》して次のことへ気ぃ向けたときに、ふっと顔ぉ逸らしてニヤッとか、そんな感じで」

「確かに、何か企《たくら》んでいそうな様子にも思えるな」

「今思い出してみると、そんなとっから『あれ？』って思うようんなって、音二郎の哥ぃのことぉ前よりよく見るようになったかもしれませんね。

　まあ、こんな埒《らち》もねえ話しかできねえで、裄沢様にはホントに申し訳ねえんですけど」

「それは気にせずともよいが、そなた自身感じておるように、今の話だけでは俺としては動きようがない」

「へい」

「実際動くには、もっとはっきりしたことがどうしても必要になる――相手に気取られぬようにするのはたいへんだろうとは思うが、できるだけ音二郎から目を離さぬようにしてもらうしかないかな」

「……判りやした。ご迷惑を掛けてるなぁこっちですから、おいらでやれることたぁきっちりやらしてもらいやす」

「気づかれたら、実際にことを起こすまですっかり隠れられてしまうやもしれぬ。くれぐれも慎重にな」

　この晩の話は、そこまでで終わった。

五

前の晩に六の字に告げたように、今のところ裄沢には、町方同心として表立って動けるだけの根拠《りゆう》も手立てもない。ただ六の字が新たな知らせを持ってくるのを、親鳥が餌《えさ》を運んでくるのを待つ雛《ひな》のように、ひたすら口を開けて待っているだけということになる。

——それでも、今の己でできることはないか。

そう考えて、本日が非番であるのをいいことに、朝餉《あさげ》を済ませるとさっさと屋敷を出ることにした。

足の向く先は北。江戸橋《えどばし》までは吉原へ向かういつもの道筋を通って日本橋川《にほんばしがわ》を渡ったが、北東の浅草御門《あさくさごもん》のほうには向かわず真北からやや西へ逸れていって、和泉橋《いずみばし》で神田川《かんだがわ》を渡る。そのまま真っ直ぐ北上する道を歩いていけば上野山下《うえのやました》から、塔頭《たっちゅう》と呼ばれる上野寛永寺《かんえいじ》の子院（脇寺《わきでら》）がずらりと並ぶところに出るが、その手前で左手に折れて下谷広小路《したやひろこうじ》。また北へ行き先を転じて、もう一つの将軍家菩提寺である寛永寺の境内《けいだい》に辿り着く。

広大な寛永寺の裏手に群がる大小の寺院を抜けると江戸もすっかり郊外で、目の前は一面田畑が広がる景色になる。これらの寺院には庭に奇石《きせき》を配置し様々な花々を植えているようなところも多く、風光明媚な土地として知られていた。

ここが日暮里、本来は「新堀《にいぼり》」との表記と呼称だったのが、「陽が暮れるまで丸一日過ごしても飽きない土地」という意味で現在の名付けに変わったという。閑静《かんせい》な土地柄で寮（保養所）や別邸などが数多く置かれている根岸《ねぎし》にもほど近いこの場所に、以蔵は先代の住まいを設《しつら》えたのだった。

先代の住まいがどの辺りにあるのか、おおよそのところは六の字の話から当たりがついている。裄沢は、通り過ぎる際にそこここに建つ寺の名を昨日の記憶と照らし合わせながら歩んでいく。

ほとんど人の姿を見掛けない道で、偶《たま》に通りかかる者へ問うことはしない。ただぶらぶらと足を進めた。

「お武家様」

突然、背中のほうから声を掛けられた。小さな家を通り越したところだったが人影に気づかなかったことからすると、ちょうど中から出てきたばかりか、木立《こだち》の陰にでもいて目につかなかったのであろう。

振り返ると、顔に刻まれた皺《しわ》の深さからは、七十をゆうに超えていそうな眼光鋭い白髪の老爺《ろうや》であった。ただし、鶴《つる》のような痩身《そうしん》で肌は浅黒く、引き締まった体つきをしている。腰が曲がりかけているのを除けば、まだまだ若い者に負けぬほど生気に溢れていそうに見えた。

「俺のことか」

裄沢は、庶民らしき男からの突然の声掛けに眉《まゆ》を顰《ひそ》めるでもなく、穏やかに返した。

「この辺りじゃあ見掛けないお人でしたんで、つい声ぇ掛けちまいやした。老い先短え爺《みじけ》ぃ《じじ》の気紛《きまぐ》れ、どうかお許しなすってくだせぇ」

土地柄からするとやや場違いながら、自身の見た目には妙に似合った口ぶりで老爺が言い掛けてきた。

「別に気にはせぬが、ここは日暮里、物見遊山《ものみゆさん》の衆とてよく見掛ける場であろう」

「そうではごぜえやすが、働き盛りの二本差がお独りでそぞろ歩くお姿は、そう目にするもんじゃあございやせんで」

「そうか？　他にもざらに居そうに思うが」

「これが、上野や浅草の賑わいん中とかいうならおっしゃるとおりでござんしょうけど。あるいは、手に徳利《とつくり》の一つも提《さ》げていらっしゃればまた別にございやすが」

「なるほど、そういうものか」

胡乱《うろん》だと言われているのを感じておらぬように、裄沢は感心して見せた。老爺は次の言葉をサラリと口にする。

「町方のお役人様にございやしょうか」

「どうしてそう思う」

「なに、みみっちい商売《しょうべえ》の跡を譲った野郎んとこに、犬が一匹紛《まぎ》れ込《こ》んでるなんてつまらねえ噂を、ちょいと小耳に挟んだもんですから」

「ほう、そなたは商人だったか」

「今じゃあただの隠居でござんすが——あっしのような者《もん》は、商人に見えませんかね」

炯々《けいけい》と光る目でギロリと睨《にら》み据《す》えてきた。

「瘦《や》せぎすで色黒、そして体つきの割に力はありそうだ。商人というより、漁師でもやっていたかのように見えたのでな」

桁沢の詫《わ》びにも受け取れるような言いようにか、あるいはその言葉の中身に得《とく》心《しん》してか、老爺の表情から厳しさが薄れた。

「商売を舎弟《しゃてい》に譲ってから長《なげ》えこと島暮らしをしてやしたんで、色の黒いなぁそのせいでやしょう」

老爺は桁沢が短く「そうか」とのみ応じるのを、じっと相手の対応を窺うような目で見ながら聞いていた。そして、ポツリと口にする。

「申し遅れやした。かつては芝・増上寺界隈で香具師の元締をしておりやした、達五郎と申しやす」

名乗られる前から予期していた相手であった。

まずは口調、そしてただその場にいるだけで周囲を緊張させるほどの押し出し。町人だとしても身形にそぐわぬ在りようは、どこかやくざの大立者《おおだてもの》を思わせる。

実年齢よりずいぶん上に見えたのは、十年を超える島暮らしの間に相応の苦労を重ねてきたせいであろう。

言うまでもないことではあるが、香具師とやくざは全く違う生業《なりわい》である。やくざが博打や暴力行為を背景とした縄張り内の商家の強制「保護」など、反社会的な行為で利益を上げる集団であるのに対し、香具師はあくまでも路上や仮設の小屋などで商売を行う商人の集まりなのだ。ただ、商売の中身や商売をする土地柄から普通より血の気の多い対応が増えざるを得ない側面があるため、必要があればそうしたことも忌避《きひ》しない集団になったというだけだった。

自分が商人に見えないかと問うた達五郎の言外の非難や、それに対する裄沢の言い訳じみた返答は、こうした前提をわきまえていないと理解しづらいかもしれない。

「そうか。俺はそなたが察したとおり、北町奉行所の同心で裄沢という」

ここまでやって来はしたが、達五郎と相対《あいたい》しようと考えていたわけではない。六の字に告げたように、まだそんなことをする時期には至っていなかった。今の裄沢には、以蔵のところのゴタゴタに真正面から口出しできる理由は立っていないのだから。

ただ、達五郎の住まいの近くを歩き、できれば当人らしき人物を見掛けて、さらに運がよければ誰かと話をしているところを観察したりその会話の断片でも聞き取って、多少なりともその人物像が把握できたなら幸い、と思っていた程度だったのである。

本日の裄沢は非番で仕事が休みの日。ならば、少し足を延ばした散策にわずかな彩《いろど》りでも添えられればそれでいい、というくらいの考えだった。

しかし、こうなってしまえば誤魔化しは利かない。裄沢は正直に名乗りを上げた。とはいえ、なったからにはそれだけで終わらせることはしない。

「名を聞いたからには、一つ問わねばならぬことがある」

「伺いやしょう」

「そなた、後を任せた舎弟のところに犬が一匹紛れ込んだとか申したが、それは町方が間者《かんじや》を送り込んだという意味か」

「さあ、どこのどなたが送り込んだかまでは、あっしなんぞの知るところじゃあございやせんが」

裄沢は溜息をついて首を振った。

「今さら互いに曖昧なもの言いをしておっても仕方があるまい。そなたが口にしたのは、北町奉行所《こちらのごばんしよ》で小者をしていた三吉のことであろう」

「……名前までは存じやせんが、このごろ町方の手先をしていた野郎が入《へえ》り込んだってなぁ、風の噂で流れて参《めえ》りやした」

「風の噂か――それはともかく、三吉は間者などではないぞ。御番所を辞めた後、そなたの跡を継いだ以蔵に拾われたというだけだ。三吉は以蔵のところに世話になるときに、己が今までやってきた仕事や、そこを辞めた理由を洗《あら》い浚《ざら》い話したそうな。以蔵はそれをみんな聞いた上で、三吉を身内にしたと聞いているぞ」

裄沢が語り掛けても、達五郎は反応を見せない。

「実際、三吉は己が御番所の小者上がりであることを、今の仲間に隠し立てはしていないようだ。皆がそれを知っているかまでは確かなことを言えぬが、少なくともよく連《つる》んで仕事をしている連中には、ごく当たり前に話しているはずだ」

こちらから三吉への連絡を取ろうと、会うときにいつも使っていた居酒屋で初めて六の字らに声を掛けたとき、六の字は裄沢のことをとうに知っていた。第一こっちのことを知らなかったら、こたびの一件で六の字が裄沢のところへ相談にやってくるはずもない。

「ほう。以蔵が拾ったなぁ、そんな野郎だと」

「お前さんには、わざわざご注進に及んでくれる忠義の者もいるようだが、それ以外からも話を聞いてみればいい」

「あっしが、あることないこと吹き込まれてると？」

「さてな。俺は、お前さんがどんなことを聞かされてるかも知らぬしな。ただ三吉について誤解があるようだから、もしや偏《かたよ》った話だけしか耳に入っていないのではと案じただけよ。こちらには、余計なお節介《せっかい》まで焼くつもりはない」

「それについちゃあ、話は承りやした。で、町方の旦那は、以蔵の縄張りをこれからどうなさりたいんで？」

「どうするも何も、俺や御番所が関わることではあるまい」

「ほう。で、あっしにも、どうこう言いなさるつもりゃあねえと？」

「どうも誤解があるようだが、今起きていることが俺が聞いた話のとおりだとするなら、それはお前さんや以蔵の身内の中だけのことだ。外からどうこう言われる筋合いのものではなかろう」

「……それでいいと？　こんなところまで足ぃ運んでおきながら、あっしにそれを信じろとおっしゃいますんで」

「そもそも、俺はこうやってお前さんと話をするつもりなどはなかった。知り合いに気掛かりなことが起こっていそうだと知ったゆえ、今のところは何もしてやれぬにせよ、ことの推移は見定めておきたいがゆえに、その一助となればとこっそり様子を見に来ただけ。

信じるかどうかはお前さん次第だが、こうやって話すことになったのもお前さんのほうから声を掛けてきたからだしな。俺は、おおよその場所ぐらいは聞いておったが、ここがお前さんの住まいだということも知らずに素通りするところだったのだぞ」

「それで、様子見になると」

「今日の俺は非番だ。ここは日暮里、当てもなく足を延ばしにきたとて、無駄なときを過ごしたことにはなるまいよ」

達五郎は、じっと裄沢の顔を見る。そして、ポツリと呟いた。

「確かに、あっしの耳に入ってたようなお人柄たぁ、ちょいと違うようだ」

「ほう、俺なんぞの噂まで耳に入っておったか」

「そりゃあ、町方の旦那が潜り込ませた野郎が以蔵に取り入って好き勝手してるなんぞと聞かされりゃあ、その野郎を送り込んだ旦那がどういうお人かまで話は及びますんで」

「俺の話だけ聞いて、考えを変えぬ方がよいぞ――話はいろいろなところから仕入れて判断したほうが、間違いは少ないからの」

「ご自身のことでもそうおっしゃいますか」

「なぁに。なにしろ己自身、自分のことをよく判ってるなんぞとは、到底言えたもんじゃねえからな――まあ、予期せぬ出会いではあったが、初対面ならこんなモンだろ」

そう言い置いて、裄沢は「じゃあな」と別れの言葉を残しその場を離れた。

達五郎は去っていくその背中をじっと見送る。

――「自分のことをよく判ってるなんぞとは、到底言えたもんじゃねえ」

それが言葉どおり裄沢自身のことなのか、あるいは実際には相対《あいたい》していたこちらのことを指していたのか。達五郎は遠ざかっていく姿を見ながら、そんなことをふと考えた。

六

それからしばらくは、何ごともなく過ぎていった。裄沢は三吉や以蔵のことを気にしてはいたが、六の字が姿を見せないのではどうしようもなかった。

――あるいは、以蔵のところの揉め事は落ち着いたのか。

そんな気もしてきたある日、今日も無駄足だろうと思いながら一石橋袂の蕎麦屋兼業の居酒屋を覗くと、中で戸口のほうをずっと見ていたらしい六の字と目が合った。こちらを認めて思わず腰を浮かせ掛けた六の字のほうへ、裄沢は近づいていく。

「裄沢様」

切迫した声が発せられた。

裄沢は目顔で制し、近づいてきた小女に酒肴《しゆこう》の注文をしてから腰を下ろす。その様子を目にして、六の字はいくらか落ち着きを取り戻したようだった。

「以蔵のところで何かあったか」

「先代がそろそろお出向きなさるってえ話がこっちまで聞こえてきやしたが、実はそれどころじゃねえんで」

小女がやってきて注文の品を並べ終えるまで、二人の会話が途切れた。去っていくのを待ちきれぬように、六の字が口を開く。

「ちょいと、別の揉め事が起きちまいやして」

「ほう、音二郎が何かやったか」

「いえ、組内《くみうち》の話じゃねえんで。最初はみんな、つまらねえことだと気にもしてなかったんでやすが――あっしらの縄張り内、それもこともあろうに増上寺さんのすぐ裏手の道端で、もぐりで艾《もぐさ》なんぞを売ってた野郎がいたんですけど、うちの若いのがそいつを見つけて追っ払おうとしたのに逆らってきやがったんで、少々痛い目に遭わして商いの品もろとも突《つ》っ転《ころ》がしたと思っておくんなせえ。まだ朝のうちだったんで、こっちで見世ぇ広げてんのも若い連中しかいなかったもんですから、ちょいとやり過ぎはあったかもしれやせんが」

前述のように、香具師はあくまでも商売人で、その元締は商売の取り纏め役である。従って元締の子分も、片腕と恃《たの》むようなごく少数を除けば、全員が露天商などを営む商売人ということになる。

各地の祭りや催事を経巡《へめぐ》るような遍歴《ながれ》の香具師は決まった親分を持たないことが多いが、いつも人だかりの絶えない盛り場で常設的な商いをしている香具師は、そこを縄張りとする元締の傘下《さんか》に入る者がほとんどになる。

こうした元締の子分による商いの場所では、朝のうちで客が少ないときに、見習いの若い衆へ露店を任せて経験を積ませることが行われていた。経験浅い者たちだから、判断を間違うことも、ものごとの程度を誤ることもある。六の字の言い方を聞いていると、そのときは偶々若い衆だけで、経験豊富《かんとくやく》な者がいなかったために何か齟齬《そご》が起きたということのようだ。

ちなみに見習いによる売り上げは、全て元締のところへ上納され、当人には別途小遣いが渡されるというのが通常の有りようだった。その代わりに住まいや朝晩の食事は元締のほうで面倒を見ていたのである。午《ひる》が近づき客も増えてくると、見習いは客を巧みに惹《ひ》き寄せる口八丁《くちはっちょう》な哥貴分たちと見世番を交替し、その後は元締のところの雑用や哥貴分たちの手伝いなどで駆けずり回るのだ。

「口上《タンカバイ》聞いてても商いぶりも全然サマんなってなかったんで、どうせ素人が小遣い稼ぎでも企んだんだろうってこって、これに懲《こ》りたらもうふざけたマネはしねえはずだと、そんな軽い気持ちでいたんでやすが」

悔いを残している口ぶりだった。

「後ろ楯《ケツモチ》でもいたのか」

「へえ、どうやらそいつ、火消しんとこへ出入りしてて可愛がられてたようで。そっちから、『俺んとこの舎弟に何しやがる』と因縁をつけられちまいまして」

「それは、あの辺りの町火消しの者か」

「いえ、そいつが実ぁ、加賀鳶《かがとび》で」

江戸では、幕府開闢《かいびゃく》の当時から火事の際には大名家に消火活動を命じることが行われており、これを当時は奉書火消《ほうしょびけし》と呼んだ。奉書火消は出火の都度《つど》の任命であったが、江戸城や将軍家菩提寺の寛永寺、増上寺については常設の火消しが幕府より任じられている。

その端緒《たんしょ》にもあたる時期から、公儀の火消しに任じられていた大名旗本の一つが百万石の加賀前田家《まえだけ》で、加賀鳶はその流れを汲《く》んでいることもあって高い矜持《きょうじ》を誇っており、わずかでもそれが疵《きず》つけられたとなった際にはすぐに暴力沙汰を起こすことで世に知られていた。つまりは、喧嘩っ早いことと、血の雨を降らせずには容易に収まらない凶暴性で有名だったのである。

「加賀鳶……ならば、そういうことは増上寺ではなく寛永寺のほうでやらせそうだが」

裄沢が疑問を覚えたように、加賀藩邸は寛永寺のある上野に近い本郷《ほんごう》に在り、この物語の時期の加賀鳶ら加賀藩の火消しは寛永寺のほうで任に就けられていた。

「それが、先方が言うにゃあ、どうやら増上寺さんのほうとも古くっからの付き合いがあるとかで」

実際に、前述した江戸における火消しの黎明期《れいめいき》、加賀藩は芝・増上寺のほうを任されていたことがあった。

「で、以蔵はどうしようとしておるのだ」

「それが、話し合いをしようにも仲立ちをしてくれるお人がなかなか見つからねえで、苦労してなさるようでして。三吉の哥ぃが向こうへ出向こうとしたのを、元締は止めておられやした」

「？　そなたから聞いた話では、このところ三吉は下の者を纏めるほうを主な仕事にしていて、余所との交渉ごとは専《もっぱ》ら音二郎がやっておったということではなかったか」

「そいつは確かにそうなんでやすけど……元締が仲立ちしてくださるお人を捜してて、実際の話し合いはそれからだってことんなってるのをいいことに、音二郎の哥ぃは手前からぁ動こうとしちゃあおりやせんで。

　そいつを見かねて、三吉の哥ぃがどうにかしようとしなすったのを、元締に止められたってこったと思いやす……けど、それだけじゃあなくって……」

「？　どうした」

「そろそろ先代が乗り出してきそうだって申し上げやしたけど、そいつも音二郎の哥ぃが先代のとこへご注進に行ったたからじゃねえかと。

　音二郎の哥ぃは、『こいで先代が上手く始末をつけなすったら、いよいよ先代が元締に復帰なさるかねぇ。そしたら、どこの馬の骨とも知れねえ野郎が大きな面ぁしてるのも、今のうちだけだな』なんぞと得意げに言ってるのが聞こえてきやして」

六の字の話を聞きながら、裄沢は達五郎と会ったときのことを思い返していた。あの老人が、元の子分の話をいまだ鵜呑みにしているとは思いづらい。

――それとも、音二郎というのがよほど言葉巧みに人を操《あやつ》ることのできる男なのだろうか。

「先代は、音二郎が言うようなことをするつもりで以蔵のところへやってくるのか」

「音二郎の哥ぃがそう言ってるだけで、実際どうなのかは判りやせんけど。でも、先代が乗り込んできたとなりゃあ、うちの元締のこってすから、何か言われる前《めえ》にあっさり身代を返上しちまうんじゃねえかと」

「そなたにとって、それは起きてほしくはないことだと――他の者もそうなのか？」

「あっしの歳より下の連中は、今の元締の下でしか仕事をしたこたぁありやせんから、先代がどういうお人かはよく知りやしやせんけど、やっぱり上に立つお人みが代わるとなりゃあ正直なとこ気になりやす。けどそれだけじゃあなくって、みんな今の元締にゃあ、大え《でけ》恩義があると思ってやすから。

で、あっしらより上の哥ぃたちでやすけど、先代をどう思っていなさるかは人それぞれじゃあねえかと思いやすが、今の元締についちゃあ、ほとんどのお人があっしらとおんなし想いでいるはずで——音二郎の哥ぃと同じ考えを持ってるってえなぁ、ほんの数人だけのはずでさぁ」

その言葉が独り合点でないならば、以蔵は子分たちからずいぶんと慕われている元締ということになる。

憂《うれ》い顔の六の字が続けた。

「ただ、あっしらが案じてんなぁ、もし先代が元締に返り咲いたら、自分らがどんなふうな仕事のさせられ方ぁすんのかってことだけじゃあねえんで。

音二郎の哥ぃの言うことぉ信じてこの先先代《さき》が取り仕切るようんなったら、その右腕になんなぁ間違いなく音二郎の哥ぃでしょう。そんとき、ついこの間入ったばっかりなのに目障りなほど今の元締に目ぇ掛けられてる三吉の哥ぃをどうするつもりか、そっちも気が気じゃありませんで」

それほど慕われている以蔵の下で働きながら、なぜ音二郎という男は先代に近づき、今の有りようを変えようとしているのかという疑問があったのだが、当人にその意識はなくとも、六の字のこの言葉が答えであるのかもしれない。

音二郎はこれまで、以蔵にとって自分は右腕だと恃まれるほどの腹心だと信じていた。ところがそこに、三吉というどこの馬の骨とも知れぬ男が現れた。その新参者に、元締である以蔵が望外の信頼を寄せ、大事な仕事を任せ始めた。

音二郎にしてみれば、自分の地位が危うい――次の元締に指名されるのは己だと自負していたのに、それすら横から引《ひ》っ攫《さら》われてしまうのではとの焦りを覚えだしたのではないか。

おそらく最初は、三吉のことを重用しすぎないよう、暗に苦言を呈《てい》する程度であったろう。それでも以蔵の態度が改まらないのを見て、言葉をあからさまなものに変え、三吉をはっきり非難するようなもの言いをするようになっていてもおかしくはない。

以蔵はどうしたか。仲間内でとうに若い衆からは脱していると見られていそうな六の字が何も知らないところからすると、皆の面前で音二郎を叱りつけるようなことはしていないと思われた。むしろ、いつかは自分で気がついてくれるはずと、まともに反応せずにそのまま放置したのではないか。

その想いが、音二郎には届かなかった。

だから、音二郎は自分のほうから以蔵に見切りをつけた。この先の己の処遇がどうなるかに見通しが立たなくなったなら、乗り換えてでも自分の途《みち》を伐《き》り拓《ひら》こうとした――それが今、以蔵と子分らが直面している状況なのではないか。

そこに、こたびの加賀鳶との諍いが重なった。

――相手が喧嘩鳶《けんかとび》として名高い加賀鳶となると、穏やかに話をつけることは相当に難しい。かといって譲歩して増上寺での露店商売を容認するようなことをしてしまえば、周囲からは舐《な》められることになり身内も落胆させることになる。以蔵の香具師の元締としての威厳は大きく損なわれるだろう。

音二郎はそんな自分ら一家の危機へ、好機到来とばかりに飛びついたのだ。

――加賀鳶との諍いを上手く収められずに体面《たいめん》を失ったところへ先代が乗り込んできたなら、以蔵は先代に元締としての立場を返せと要求されても断れはすまい。

いや、と裄沢は思い直す。

――以蔵ならば、先代がそれらしい意向をわずかに示しただけで、あっさり元締の地位を返上しそうだ。むしろ音二郎にとって今が好機なのは、加賀鳶との諍いを収められない以蔵の不甲斐《ふがい》なさを先代に見せつけて、先代《そっち》のほうの踏ん切りをつけさせたいからか。

いずれにせよ音二郎としては、先代が元締に返り咲いた後はその右腕となって一家を取り纏め、三吉は放逐《ほうちく》してしまおうとの魂胆であろう。

「加賀蔦といつ話し合うかはもう決まっておるのか」

「あっしの耳にゃあ入っておりやせんが、おそらくまだだと思いやす」

「決まったら知らせてくれ」

「へい――裄沢様……」

「何がどうできるか、今のところ全く見えてはおらぬが、できることがあるのに手をつけかねて放置しておくようなことはせぬ」

「へい、よろしくお願い申し上げやす」

六の字は、裄沢に深々と頭を下げた。

翌日。裄沢は組屋敷を出たところで、ちょうど出仕しようとする隣家の関谷左京之進と出くわした。互いに朝の挨拶をした後、関谷が言い掛けてくる。

「裄沢殿は、これよりどこかへお出向きなさるところか」

今は特段の仕事は命ぜられていないし、三吉たちのことについても懸念はしっつも動きようはなく、仕方がないので以前から習慣づいている「市中を彷徨《うろつ》く」ことを久しぶりにやってみようかと思っていただけだった。

歩いているうちに、新たな考えが浮かべばという思いもある。

なので、そのとおりに答えた。

「いえ。特段の用もなく、ただ町場を歩いてみようとしていただけですが――何かお話があるようでしたら、御番所のほうまで同道致しますが」

「では、そうしていただこう」

関谷の求めに応じ、並んで歩き出した。

「実は、先日お尋ねいただいた島送りから御赦免になった男のことなのですが」

「ずっとお気に掛けていただいておりましたか。お忙しいところを、申し訳ありませぬ。それで、何か新たにお判りになったことが？」

「いやそれが、申し訳ないことに碌《ろく》に摑めたことはございませんでな。と申すは、不義理なことに裄沢殿にこたびの頼まれごとをされるまで知らずにおったのですが、当時その手続きに携わったお人はもう隠居された上、すでに物故者《ぶっこしゃ》となっておりましたので」

「そうですか。それは仕方のないことですので、どうかお気になさらず。それがしからご依頼申し上げたことは、ご放念ください」

「役立たずで申し訳なかったが、一つだけ妙なことがござってな」

「と、言われると？」

「達五郎と申すあの男、御赦免の候補に挙がるのは、どうやらあれが最初というわけではなかったようで」

「ほう、それ以前にも……いつのことかはお判りですか」

「これは、先ほど申し上げた当時携わったお人と親しい者が、当人から愚痴として聞かされたことなのですが、以前惇信院《じゅんしんいん》（九代将軍家重《いえしげ》）様の三十三回忌の折にも、候補に挙げるような意向が上のほうから示されておったということでして」

「惇信院様の……いつの話になりましょうや」

「惇信院様の三十三回忌は、寛政五年（一七九三）のことでしたな」

おそらくは、わざわざそこまで調べてくれたのであろう。

通常よりずいぶんと早かったと思われる、将軍世嗣家基十七回忌による実際の
達五郎の御赦免より、さらに二年前のこととなる。

「候補に挙げよとのご意向があったとのことですが、それはどこから」

「はて、聞いたほうが憶えておらぬのか、あるいは愚痴を言ったほうがそこまでは口にせなんだのか、身共が話を聞いたお人からは誰だという話は聞けませんでしたが――ただですね、当時そのご意向が実現しなかったところからすると、将軍やそれに近い権力者《とんでもなく偉いお方》からのお話、というわけではなかったように思えますが」

「いや、ここまで調べていただいたことは恐縮に存じます。たいへんありがとうございました」

「いやいや、大してお役に立てずに、こちらこそ恐縮にござる」

そう頭を下げ合って、裄沢は、そのまま足を進める関谷と別れた。

町方を含む通行人が不思議そうな顔で見やってくるのを気に留めることなく、裄沢はしばらくその場に佇んで何かを考え込んでいた。

七

「元締、あっしをお供に加えてやっておくんなさい」

「あっしも！」

「あっしだって」

「駄目だ」

「ですが、なにもお一人で向かうこたぁねえでしょう。そいじゃあまるで、死にに行くようなもんだ」

「馬鹿を言うな。これから俺が行くなぁ、話し合いの場だ。なにも襲撃《カチコミ》を掛けに行くんじゃねえんだぜ。もし血を見ることんなったとしても、余計な者《もん》まで無駄な怪我ぁさせる気はねえ。

ここを取り仕切ってんなぁ、他の誰でもねえ、この俺だ。なら、俺が行って話いつけてくんなぁ当然のこった」

「けど、お一人だけで行きなさろうってえのを黙って見てるわけにゃあいきやせん。せめてこん中から、一人だけでも連れてっちゃあもらえませんか」

「諄《くで》え。俺はただの一人だって連れてく気はねえぜ」

「元締！」

「元締っ」

元締に詰め寄る哥貴分たちと、その懇願を突っ撥ねる元締の真剣なやり取りを、部屋の隅にいる六の字は、膝を揃えた格好で行儀よく座したまま聞いていた。座敷の中まで入れぬようなもっと若い連中は、見咎められぬように廊下のほうから身体《からだ》半分隠すようにして中の様子を覗き込んでいる。

今日は、仲神道の縄張りで断りもなく商売をしようとして怪我をさせられた若者について、元締が加賀鳶の連中と話し合うことになっている当日だった。

話し合いの仲立ちをしてくれる者を立てられるのかどうか、六の字に教えてくれる人がいなかったから知らずにいたが、多くの哥貴分が難しそうな顔をしているところから、なかなか見つからずに苦労しているようだとは思っていた。

今目の前で行われているやり取りを見ていると、どうやら最後まで見つからずに今日の日を迎えてしまったらしい。加賀鳶《むこう》がつけてきた難癖《いちやもん》を、いつまでも放ったらかしにしておくことはできない。結局は手立てのつかぬまま、向こうと会う日を決めざるを得なくなったのだろう。

本日この日に話し合いになることは、耳にしてすぐ裄沢様にお知らせした。が、「できることを探してどうにかする」と頼もしいことを言っていた裄沢様は、「そうか」とひと言口にしただけで、これからどう動いてくれるとか、そのために六の字にどうこうせよなどという話は一つもしてくれなかった。

その後は全くの梨《なし》の礫《つぶて》。どうにも気になって、連絡《つなぎ》の場として申し渡された蕎麦屋兼業の一杯飲み屋へたびたび足を運んでみたが、裄沢様が顔を出す気配がないまま、日にちだけが過ぎていった。

――こうなったら八丁堀の組屋敷《おやしき》へ乗り込んで……。

とも思ってみたが、いざとなったら知らぬふりをする《トンズラこく》ようなお人に何を言っても仕方がない。結局は自分の人を見る目がなかったのだと、そう諦めるよりなかった。

耳にしていた話し合いの刻限にはまだまだときがあるが、元締はたった一人で黙って家を出ようとしなすった。ピリピリしていた哥貴分たちがそれを見逃すはずもない。

それで、目の前のやり取りが始まったという次第なのだ。

元締に詰め寄る哥貴分たちの真剣な顔と、それを無表情で押し返す元締を見比べているうちに、詰め寄る哥貴分たちの傍《そば》にいながら一番端で黙って見ているだけの男に目が行った。

――音二郎の哥ぃ……。

音二郎は神妙な顔つきで、元締と皆とのやり取りに参加しているふりをしていたが、口一つ出すことなく、ただやり取りを見ているだけなのが六の字の目に入ってきた。

――やっぱり、あんた……。

口には出せずとも、燻《くすぶ》っていた怒りの火が六の字の目に灯《とも》る。

と、表のほうでなにやら騒がしい気配がしてきた。

「邪魔するぜい」

もはや姿を隠すどころではなく群れ集まって座敷の中を覗いていた若い衆の間を、一人の老爺が足を進めてきた。若い衆は、その押し出しに圧倒されたのか、廊下の両端へ綺麗に二つに分かれて通り道を空けた。

「先代……」

座敷の入り口のほうに目が行った面々の中から、哥貴分の一人がぽつりと声を上げた。

「こりゃあ先代、よくお出《い》でくだすった――おい、丁重にお迎えしな」

元締が、感情を表に出さぬ声で呼び掛けて、大事にもてなすよう目の前の哥貴分たちに告げた。

一同、目が醒めたように動き出す中で、囁《ささや》き声が聞こえる。

「先代が今日来なさるって聞いてたかい」

「いいや、そのうち顔を出しなさるたぁ言われてたけど……」

六の字も、先代がやってくる日が今日だとは知らなかった。ふと、目が音二郎の哥ぃのほうへ向く。

音二郎の哥ぃは誰よりも先に動き出して、先代を迎えるための若い衆への指図を、皆の先頭に立って行っていた。

先代が勧められた座に着き周囲も落ち着いたところで、対面に座した元締の以蔵が口を開く。

「日暮里から江戸城《おしろ》の脇を通り抜けて、よくぞこんなところまでお越し下さいやした。ただ申し訳ねえことに、今日はちぃと立て込んでおりやして、あっしゃあ先代のおもてなしを十分することができやせん。

代わりをこいつらに勧めさせやすが、お気に召さねえようなことがあったら何ごとであってもきっちり叱ってやっておくんなせい。本日はわざわざのお越し、真にありがとうござんす。どうぞごゆるりとお過ごしくだされたく、お願《ねげ》え申しやす」

深々と頭を下げる以蔵へ、先代の達五郎は穏やかに語り掛ける。

「なぁに。年寄りが気紛れで、知らせもせずにふらりとやってきただけだ。気ぃ遣わねえでくんな――ところで、以蔵」

へい、と応じて顔を上げた以蔵へ、先代は鋭い目を向けた。

「お前《めえ》、加賀鳶との間で話ぃつけなきゃならねえことがあるそうだな。本日の、よんどころねえ用事ってなぁ、もしかしてそいつのことじゃあねえのかい」

「……よくご存知で」

「まあな。こんな老いぼれんとこへ、わざわざ知らせてくれる物好きもいるもんでな」

六の字はチラリと音二郎のほうへ目をやったが、当人は顔色を変えることもなく先代と今代の元締二人を見たままだ。二人のやり取りは続いているから、六の字も視線を戻す。

「なら、話が早《はよ》うござんす――ええ、先代のおっしゃるとおりでごぜえやす。それで、あっしゃあこれから出掛けなきゃならねえんで、申し訳ねえが御前を失礼させていただくことになりやすんで」

「おう、そうかい。なら仕方ねえな。おいらのことなんざ気にしねえで行ってきな。おいらがこっちまで足ぃ延ばしたのも、その話が耳に入《へえ》ってきたからってこった」

「……そのためにお出《い》でなすった」

「ああよ。まんざら知らねえ仲じゃなし、いざってえときゃあ、骨ぐれえ拾ってやらなきゃと思ってよう」

先代の言いように、二人の話を聞いていた哥貴分たちの中でサッと殺気が広がった。が、以蔵のひと睨《にら》みに一瞬で霧散《むさん》する。

先代は、何ごとも起きなかったような平然とした顔で言葉を続ける。

「そこで以蔵、出掛ける前《めえ》に、お前さんとちょいと一対一《サシ》で話がしてえんだが」

「よござんす。なら、奥の座敷までご足労願いやしょうか」

「おう、出掛《でが》けんとこに済まねえな」

応じた先代は、歳相応にわずかなときを掛けながらも、途中からは身軽に立ち上がった。

先導する以蔵は、その前に周囲の者らをグルリと見渡す。

「誰も寄ってくるんじゃねえぜ。判ったな」

一同は、頭を下げて「へい」と声を揃えた。

二人の姿が見えなくなると、残った面々はいくらか緊張を弛《ゆる》めた。あちこちで、囁くような小声のやり取りが始まる。しかし、その場を立とうとする者は一人もいなかった。

そこに一つだけ、皆にはっきり聞こえるほどの声が上がる。

「音二郎さんよ。こんなときに、お前さんだけずいぶんノンビリしてやがるじゃねえか」

音二郎よりはやや下になる、哥貴分の一人だった。喧嘩を吹っ掛けるような声で呼び掛けられたのに、音二郎は落ち着いた態度で返す。

「何のこった。これから元締《でえじ》が大事な話をしに行きなさるってえときに、ノンビリも何もあるもんか」

「それにしちゃあ、ずいぶんと余裕がありそうに見えるけどな」

ここまで絡《から》まれれば、音二郎としても放ってはおけない。険《けわ》しい顔つきになって言い返そうとした。

が、その前に別の哥貴分が二人を叱責《しっせき》する。

「よさねえか！　今は内輪揉《うちわも》めなんぞしてる場合《とき》じゃねえだろ。こんなときこそみんなしっかり纏まらねえで、この仲神道の一家を守っていけると思ってんのか」

口を開き掛けた音二郎は、絡んできた相手を一瞥《いちべつ》しただけで沈黙した。相手の男も、不満そうな顔はそのままながら真一文字《まいちもんじ》に口を結ぶ。

このひと幕で、皆の間でなされていた囁き声の会話はピタリと止まった。後には、居心地の悪い静けさだけが残る。

そんなヒリヒリとした状態が、先代と元締が戻ってくるまで続いた。

奥の座敷に向かった先代と以蔵が再び姿を見せたのは、四半刻（約三十分）も経たぬうちだった。

「それじゃあ先代。あっしはこれから、すぐに出掛けさせていただきやす」

「おう、行ってきねえ」

以蔵の言葉と達五郎の返事を耳にした皆が、いっせいに立ち上がった。以蔵と達五郎は、自分らを取り囲む者たちから向けられる緊迫した視線をいささかも気に掛けることなく、二人の間だけでやり取りを続ける。

「後のことは、先代にお任せしてよろしゅうござんしょうか」

「この老いぼれにどこまでできるかぁ知れたもんじゃねえが、お前さんが帰《けえ》ってくるぐらいまでなら何とかなんだろ。まあ、大船に乗ったつもりでってワケにゃあいかねえが、こっちのこたぁ心配《しんぺえ》しねえで、行った先のことだけ考《かんげ》えて動きねえ」

「ありがとうございやす。じゃあ、行って参《めえ》りやす」

以蔵がそう言って頭を下げたところへ、脇から「元締」と呼び声が上がった。二人の会話を邪魔せぬよう気を遣いながらの声掛けだったが、口にした三吉は決然とした表情をしていた。

感情を表に出さない以蔵の顔が、三吉へ向けられる。その以蔵へ、三吉は覚悟の言葉を発した。

「あっしをお供に連れて行っておくんなせえ」

何か言おうとする以蔵を遮《さえぎ》るように、三吉は話し続ける。

「あっしゃあ、行きどころのねえのを、元締に拾っていただいたご恩がございやす。けれどその大恩に報いるようなこたぁ、いまだ一つもできちゃあおりやせん。

せめてこの大事なときにお供をさせていただきてえと、このとおり、伏してお願《ねげ》え申し上げやす」

両手を畳《たたみ》に揃え、額《ひたい》も押しつけて懇願する。

それでも以蔵が断ろうとすると、今度は別なほうから口を挟む者がいた。

「元締、三吉の野郎がここまで言ってるんです。皆の無事を第一《でぇいち》に考えて一人でお行きなさるつもりだってえなぁ、ありがてぇこってすけど、あっしらの気持ちも汲んでやっておくんなさい。

皆でのお供が叶わねえっておっしゃるなら、そいつは仕方ありやせん、我慢もしやしょう。それでも、せめて一人ぐれぇは連れて行ってやってもらえねぇでしょうか」

そう口にしたのが元締の独行を懸命に制止しようとしていた哥貴分の一人だったなら、話は判る。しかし元締を説得しようと訳知り顔で語ったのは、音二郎だった。

六の字程度が口を出せるような場ではないが、だからこそ険しい面《つら》になってしまう。

――元締に三吉の哥ぃをつけてやって、あわよくば二人もろとも居なくなってもらおうって魂胆かい。いくらなんでも、そいつぁ好き放題が過ぎるんじゃねえのか！

実際、他の哥貴分たちも厳しい顔つきになっている。

しかし、自分の望みを後押しするもの言いだったため、口添えされた三吉は反発する様子を見せなかった。期待する顔でじっと元締を見ている。

そこへ、先代も言葉を添えた。

「皆がそこまで言うんなら、連れて行ってやっちゃあどうでえ。お前さんにしたって、この大きな縄張りを取り仕切る元締が子分の一人も連れずに先方へ面ぁ出したんじゃあ、顔が立たねえだろ」

——やっぱり先代は、音二郎の哥ぃにお先棒担《さきぼうかつ》がせて、この縄張りを取り戻すつもりでいなさるか！

口を出せない六の字は、どうにもできない成り行きにただ焦燥《しょうそう》を募《つの》らせるばかりだった。

先代までが口を添えてきたとなれば、以蔵も頑《かたく》なに拒否はできない。なにより、たった一人で出向くとなれば、芝を代表する香具師の元締としての体面に関わるという先代の主張には、一理《いちり》も二理もあるのだ。

以蔵は結局、説得に応じることにした。

「三吉、すぐに出掛けるぜ。さっさと支度《したく》しねえ」

三吉は「へい」とひと言大きく返事をすると、座敷から勢いよく飛び出していった。

八

元締と三吉が出掛けてから、ときはジリジリと過ぎていった。皆がいる座敷の真ん中で先代が睨みを利かせているからか、先ほどのような言い合いも起こる気配はない。

このまま待っていても仕方がないし、稼業《かぎょう》を休むわけにもいかない。早朝に出掛けていった朝の商売を任せている若い連中は、いつもの刻限を過ぎても哥ぃたちが姿を見せないことに、そろそろ痺《しび》れを切らしているだろう。

元締から後を任された先代に断りを入れて、若い者と交替するためにその場を離れる者がポツリポツリと出始めた。

それでも、この場を離れがたい者はいる。どうせ交替して物を売りに行ったところで、まともに身が入るはずもないのだ。

そう踏ん切りをつけた者は、交替のため座をはずす仲間に「まだしばらく遅れるから、その間は任せた」とか、「今日は出られねえから、適当なとこで露店《みせ》を畳んで戻ってこい」などといった言付けを頼むのだった。

若い者と交替するため座敷を後にするのが半分、もう半分はその場に居残るということで、午《ひる》も近づいてきたこの刻限にはいつも閑散としていた座敷に、まだ人が大勢いるという状況になっていたのである。

座敷に残ったとて、何ができるわけもない。そしてやることがあったとしても、何ごともまともに手につくはずはなかった。

ただ皆が、結果が出るのを今か今かと待っている。待っている結果が芳《かんば》しからざるものになりそうな胸騒ぎをヒシヒシと感じているから、そんなことを知らされたくないと思う一方で、無事な元締の姿を一刻も早く見たいという、あまり叶いそうにない切実な願いで心が張り裂けそうになっている。

先代が目を瞑って腕を組んだまま身動き一つしない中で、座敷に残った哥貴分たちは、貧乏揺すりをしたりあちこちに視線を彷徨《さまよ》わせたりしながら、過ぎ去っていくときを落ち着きなくただ無為《むい》に費《つい》やしていた。

元締と三吉が出掛けてからずいぶんと経ったような気がしていたが、庭に射す陽光からすると、ようやく一刻半（約三時間）ほどは過ぎたぐらいであろうか。

すでに昼飯にはずいぶん遅い刻限になっているが、誰もそんなことを言い出す者はいない。先代に気を利かせる者もいなければ、当の先代もまるで木像のように動かぬままだった。

と、表のほうでわずかに慌《あわ》ただしい気配らしきものが生じた。

ついで小走りにこの座敷へ向かってくる跫音《あしおと》が聞こえてくる。

座敷内の多くの者が注目する中、顔を出した下足番《げそくばん》の若い衆が、明るい声で皆に告げた。

「元締がお戻りになられやした！」

おお、という声にならない歓声が上がる。

――元締はご無事なのか。

皆がそう問おうとしたとき、当の元締が座敷に姿を現した。その背後には、三吉も従っている。

二人ともに己で足を運び、何不自由ない様子で座敷の中に入ってきたのだが、それでも一同は怪我の一つもしてはいないか、元締の一挙手一投足《いっきょしゅいっとうそく》を目を皿のようにして見つめていた。

「今、帰《けえ》りやしてございやす」

腰を下ろした元締は、一同へ声を掛ける前に、先代に対して挨拶した。

「おう、お帰り」

ようやく目を開いた先代が、何ごともなかったように返事をする。

「せっかくお越しになられやしたのに、留守の間を預かっていただくようなお手間を掛けて、お詫びの言葉もございやせん」

「なぁに。おいらぁたぁだ、ここに座ってただけさぁね。何にもしちゃいねぇよ」

淡々とやり取りする二人に業《ごう》を煮《に》やした哥貴分たちが、待ちきれずに声を上げた。

「元締、お怪我は」

「見てのとおり、三吉とも怪我一つしちゃあいねえ」

一同から安堵の溜息が漏れた。

「で、話し合いはどうなりやした」

先代とのやり取りに立て続けで水を注《さ》された元締は口を引き結んだが、その先代が怒る様子もないので、目で叱りつつも答えてやることにした。

「合意ができた《手打ちんなった》」

おお、と今度はみんなが声を上げる。

「で、これからぁどんな形に」

相手にどこまで譲って、自分らの商売にはこれまでとどのような違いが出るつもりでいればよいのかを、心配顔になった別な哥貴分が問うた。

元締はあっさりと返す。

「どうもこうもねえやな。こたびのこたぁ、先方で可愛がってる若いのが、図に乗って人の縄張《シマ》りで勝手をやらかした。そちらさんにアヤぁつけた野郎ともども、今後二度とこのような不始末をしでかさねえように十分言って聞かせるから、頭一つ下げることで勘弁してくれって話だった。

こっちも元から喧嘩するつもりなんざねえし、向こうが詫びるってんならこれ以上ものを言うつもりもねえ。なら互《たげ》えに他意はねえってことを確かめ合ったら、そんで終わりよ」

「加賀鳶が、手前《てめえ》のほうから頭ぁ下げて、そんで終わったと……」

白昼夢《ゆめ》でも見てんのかという声を誰かが上げる。

元締は一同へ鋭い目を向けた。

「別に勝ったとか負けたとかいう話じゃねえぞ。こたびゃあ跳ねっ返りが向こうに出たんで、その始末をきちんとつけたってだけのことだ。こっちだって、いつそんな野郎が出たっておかしかねえ。こんな程度で浮かれてねえで、お前らも若い者《もん》の躾《しつけ》にゃあ十分気を配らなきゃならねえ――判ったな」

元締の言葉で、喜びに弛んでいた顔を引き締め直して一同が「へい」と応じる。

「ともかく無事に戻ったなぁ目出度《めでて》えこった」

先代の言祝《ことほ》ぎに、元締は「ありがとうござんす」と深く頭を下げた。

「何ごともなく終わったようだから、じゃあおいらはこいで帰《けえ》るぜ」

「何もお構いをしておりやせん。せめて今夜ひと晩お泊まりになって、今宵は一献《いっこん》付き合ってやってはいただけやせんか」

「なぁに、年寄りゃあ夜が早くていけねえ。また今度世話んなるときまで、そいつは取っといてもらおうか」

先代が立ち上がるのに、元締も従う。皆で見送ろうと、哥貴分たちもその後に続いた。

六の字の耳には「そんな」という、小さな声がどこかから聞こえてきた気がしたが、そちらの見当へ目を向けてみると、音二郎が目を見開いて茫然としたまま、ただ一人だけ立ち上がれずにいたのだった。

※

話は、「元締と加賀鳶が会って話す期日が決まった」と裄沢が六の字から知らされた、その次の日まで遡《さかのぼ》る。

また町を彷徨くことの続きをやろうかと考えていた裄沢は、急ぎの知らせを受けて考えを変えた——足を向けた先は北。上野寛永寺の向こうの日暮里であった。

無論のこと、目的とする場所は以前に一度だけ会ったことのある、仲神道の先代、達五郎のところである。

「御免」

前回裄沢が背中から声を掛けられた場所のすぐそばに建つ、小さいながらも瀟洒《しょうしゃ》な家の前に立って訪《おとな》いを入れた。もしかして前回は、達五郎が人の家を訪ねた帰りにバッタリ会った、という類のことも考えられはしたのだが、幸いにも出てきたのは達五郎本人だった。

「この間お声掛けしたときにゃあ、会えなくても全く構わねえつもりでブラリと出掛けてきただけだと、おっしゃってたように思いやすが」

中に案内され、以蔵がつけてくれたであろう世話焼きの奉公人が茶を供してくれた後、達五郎はそんなことを言ってきた。

「以蔵と加賀蔦の会う日が決まったそうだな。つまりは、先日と事情が違ってきたということだ」

「ほう、そうでしたかい」

「そなたのところにも、ご注進はあったであろう」

「どうでしたかねえ。いずれにせよ、もうとっくに隠居した年寄りにゃあ、関わりようのねえこって」

「そうか？　ならばなぜ、わざわざこんなところまで仲神道の内情を知らせに来る者に、そう言ってやらぬ」

「この世の中、どんなとこにも物好きゃあいるもんで。向こうがそれで満足してんなら、やらせときゃあよござんしょう。こっちゃあそれで、何も損することたぁねえんですから」

「普段からそんな考えでいるなら、手前勝手な思惑で纏わりつかれることが煩《わずら》わしくはないか」

「なぁにね、こんなとこに長年籠もってると、あんまりやることもありやせんで。ピーチクパーチク好き勝手に囀《さえず》るような野郎でも、偶《たま》のことならちょうどいい暇潰《ひまつぶ》しになりやす」

「今のが、音二郎なる男に対するそなたの本音か」

それまで適当に返していた達五郎が、一瞬鋭い目になった。

「どういう意味にござんしょうか」

「音二郎がそなたのご機嫌を取ろうと近づいてくるのを、そなたは仲神道の内情を知るために容認していたのであろう」

「なんであっしがそんなことを?」

「さてな。そなたは、自分が突然元締を降りざるを得なくなって、十分な引き継ぎもしてやれぬまま、後を以蔵に任せることになったのを悔いていたのやもしれぬ。島から戻ったときには、その以蔵が大過《たいか》なく一家を切り盛りしているところを目にして、やっと胸を撫《な》で下ろしたのであろうな。

ところがこのごろ、三吉なる余所者《よそもの》が中に入ってきて、一家に軋《きし》みが生じ始めた。それをそなたは危惧したのではないか」

「……戻《へえ》ってきたときゃあ、手を出せるような隙《すき》なんぞなかった。けど三吉とやらが入ってきたこって、隙間風《すきまかぜ》が吹き始めた――あっしが動き出すにゃあ、ちょうどいい具合に舞台が整った、ってことでござんしょうか？」

「もともとそのような考えを持つ者が、何もせぬまま五年もの間、じっと待っていられるものかな」

「たぁだ手を付けかねてたってこってしょうよ。それとも歳を重ねるごとにどんどんと欲が深くなってったところへ、折よく己の目の前に餌がブラ下がってきたんで、我慢する気もなくパックリ食いついたってヤツでしょうかね」

「本気で今言ったようなことを思っているのなら、そんなふうに明《あ》け透《す》けに俺にバラすことはすまい」

「旦那は以蔵んとこのことを本気で心配してそうに見えやすが、ならなんで向こうがこんな大変《てえへん》なときに、わざわざあっしのとこなんぞへ足ぃ向けたんです？」

「無論のこと、そなたに仲神道を救う手助けをしてもらいたいがためだ。元の自分の一家を案じるそなたなら、それが当然だと思うゆえ」

裄沢の単刀直入《たんとうちょくにゅう》な言いように、達五郎は苦い顔になる。

「こんな年寄りに、いってえ何ができるとおっしゃるんで——そりゃあ、中のゴタゴタぐれえだったら、ひと睨みすりゃあそれなりにシャッキリさせられるんでしょうけど、あっしがそんなことぉしなくても、以蔵《あいつ》なら手前《てめえ》でどうにでもできますぜ。

それに、今ゴタついてんなぁ、外からチョッカイ掛けられてのこった。しかも相手が天下の加賀鳶ときた。ただのシマ帰りの年寄りじゃあ、洟《はな》も引っ掛けちゃあもらえねえでしょう。あっしにできることと言やぁ、せいぜいが話し合いの日に以蔵の留守を守って、あいつの骨ぇ拾ってやるぐれえでござんしょうかね」

自嘲《じちょう》を込めて、そう吐き捨てた。

九

裄沢は、相手に同情する様子をいっさい見せずに平然と持論を述べる。

「まあ、普通ならそうであろうな。けれど、他ならぬそなたであればこそ、話は違ってくる」

「こんな年寄りに、いってえ何ができると？」

「そなた自身が乗り込んだとてどうにもならなくとも、そなたならば、相手をどうにかできる者を動かせるはず」

「……一体全体《いってえぜんてえ》、何のことぉおっしゃってるんで」

達五郎は裄沢に困惑顔を向けてきた。本当に思い当たるところはないようだ。

「増上寺」

「！」

そのひと言に、達五郎は固まった。ついで、あえて剣呑《けんのん》に聞こえるように低い声を発した。

「どういう意味か、さっぱり判りやせんねぇ」

「そなたは長年、増上寺の境内や参道などで商売をする香具師を取り仕切ってきた男よな。当然、増上寺の僧侶とも少なからぬ縁を結んできたはずだ」

「だからと言って、加賀鳶をどうこうできるようなお口添えをしてもらえるほどの関わりゃあ、ありやせんぜ。もしそんなことができるってえなら、二十年近くも前に元締だったあっしなんぞより、今の以蔵のほうがずっと向こうさんへは頼みやすいはずにござんしょう」

「まあ、ただの香具師の元締と将軍家菩提寺との関わり合いだったら、そんなものであろうな」

「……あっしだと、そうじゃあねえと？」

「違っているであろう？　なにしろそなたは、増上寺の、それもだいぶ高い地位にある僧侶と関わりある者の身代わりとして、島送りにまでなったのだからの」

「！」

ズバリと言い切った裄沢に、達五郎は反応できなかった。

裄沢は、淡々と続ける。

「そうでなければ、島送りになってからたったの十年で御赦免の候補に名が挙がり、さらにそれから二、三年で実際に江戸へ戻ってくるなどということが、できはしまい――そなたがそうなるようにお上へ働き掛けたのは増上寺。そうであろう？」

最初にこたびの御赦免の話を聞いたとき、裄沢は、「達五郎が島送りとなる際に元締ではなくただの香具師として扱われたことで、仲神道の一家の跡目が滞《とどこお》りなく引き継がれたのは、縄張り争いが起こることによって自分らの寺域が騒然となるのを嫌った、増上寺による働き掛けがあったためではないか」との推量もしていた。通常よりずいぶんと早い御赦免は単に達五郎が幸運だっただけ、ということであってもおかしくはないからだ。

しかし、達五郎を御赦免の候補に挙げるようにとの働き掛けが、島流しとなってからまだ十年と少ししか経っていないうちに二度も敢行《かんこう》され、その二度目には実現までしたということを知って考えが変わった。

御赦免を望む最初の働き掛けがあったのは、惇信院（九代将軍家重）の三十三回忌法要のときだったという。十代将軍家治の世子であった家基が葬られたのは上野寛永寺であるが、家重の墓所は芝増上寺にある。当然、このときの回忌法要は増上寺で行われたであろうし、同地を縄張りとする香具師の元締であった達五郎のために動きそうな有力者が他に見当たらないことからしても、御赦免の働き掛けを行ったのはやはり増上寺だと考えるのが一番腑《ふ》に落ちる話である。

だがもしそうだとすると増上寺は、島送りにする際に気遣いを見せただけでなく、一度目で実現しなかった強引な話を二年しか経たないうちにまた蒸し返して、今度は実現までさせてしまったことになる。将軍家菩提寺という格式を誇る寺が、その寺を縄張りとしているだけの香具師の元締相手に行うようなことではなかろう。

――では、その裏ではいったい何があったのか。

裄沢の追及は、そうした考察の上に成り立ったものだった。

裄沢からの問い掛けに、達五郎は言葉を返さなかった。裄沢は構わず続ける。

「そなたが博打の胴元は俺だと自ら名乗り出て庇《かば》ったのはおそらく、彼《か》の寺の法主《ほっす》かそれに近い地位にある高僧の隠し子、あるいは、若いうちに出家し大出世した者がかつて捨てた家族——実の倅《せがれ》あたりか。

そういう事情が裏になければ、お上も簡単にそなたを咎人と認めて島送りにしたり、働き掛けがあったからとて早々に江戸へ戻したりはしておらぬはずだ」

当時の仏教は女性を穢《けが》れた存在と考え、聖職者である僧侶に妻帯だけでなく異性との交合をいっさい禁じた。幕府もこれに倣《なら》い、僧侶の女犯《にょぼん》を犯罪と定めたのである。

これが発覚すれば罪を犯した僧侶は島送りや僧籍剥奪《はくだつ》に処したのだが、それでも隠れて妻を持ち、子を儲《もう》けた僧も少なからずいた。出自が高貴な身分であることも多い高い地位にある僧侶の場合には、宗門内の争いで表沙汰になるなど、よほど悪目立ちでもしていない限り、幕府《おかみ》も見て見ぬふりをしたのである。

さらに問題を生じさせたその相手が将軍家菩提寺の寛永寺や増上寺に籍を置く高僧ともなれば、幕府とて軽々《けいけい》な処分には二の足を踏むことになった、というこたのかもしれない。あるいはこのとき、幕府には増上寺に対して、何らかの借りがあったのかもしれない。

「旦那……」

威嚇《いかく》と警告の両方の意味を込めた呼び掛けに、裄沢はすぐに反応する。

「別に俺は、それが誰かを突き止めようなどと考えてはおらぬ。ただ、そのような経緯が以前あったなれば、そなたにはできることがあろうと言いたかっただけよ」

「……もし旦那のおっしゃるようなことが万が一あったとしても、あっしが御赦免を得たこって、もう貸し借りはチャラになっておりやしょう。今さらどこへも願い出ることなんぞ、できやしませんぜ」

「そなたの御赦免は、庇い立てて身代わりになったことへの代償だ。島で無為に暮らした十年以上の歳月の分の貸しが、まだ残っておろう」

達五郎は首を振る。

「もしそうだとしても、相手は加賀鳶だ。お寺さんにどうこう言われたぐれぇで、手前から売った喧嘩を引っ込めることなんざありゃあしやせんぜ。そんなことをすりゃあ、それこそ手前で手前の顔ぉ潰すことになりやすからね」

「それはどうかの。そもそも、加賀鳶が自分らの可愛がっておる若いのを、わざわざ芝まで向かわせて増上寺で商売させておるところからして無理がある。きちんと筋が通る話であれば、自分らが火消御用《ひけしごよう》を承っている上野の寛永寺でやらせればよいだけのことだからの」

「寛永寺で火消御用を承ってるとなりゃあ、そこの香具師の元締とも繋がりゃあありやしょう。向こうの商売に差し障るなぁ都合が悪い《わり》から、こっちぃ来た。それはおかしいと突っ撥ねたって、連中の言うように増上寺さんとも昔っからの関わりがあるとなりゃあ、こっちの言い分なんぞ聞きゃあしねえでしょう」

「その増上寺と加賀鳶——と言うか、加賀前田家との関わりがどういうものであるか、そなたは知っておるか」

「いや、さすがにそこまでは存じやせんが、向こうさんが堂々とそう言ってるからにゃあ、嘘八百を並べ立ててるってこたぁねえでしょうよ」

「まあ、実際関わりはあったらしいからな。けれど連中も、かつてそういうことがあったというのを聞き齧《かじ》っているだけで、実際それがどういう関わりだったか、きちんと知ってはおらぬのだろうな」

「？」

「まだ加賀鳶と言われる連中が、世に名を知られるようになるより前のことだが、確かに前田家はお上より、芝・増上寺の火消御用を拝命しておった。加賀前田家五代の綱紀《つなのり》公がまだ綱利《つなとし》と名乗られていたころというから、お若いうちであったろうか、あるとき増上寺に迫る大火が起きた。

前田家の武家火消《ぶけびけし》はさっそく増上寺に駆けつけ火消しに努めたが、その際、寺の中には火を消すために井戸がたくさん掘られていたにもかかわらず、綱利公は『尊いお寺に汚れた井戸の水を掛けるのは畏れ多い』と考え、自身の屋敷にある清水から水を運んで消火に当たるようお指図なされたそうな。幸いにも火は消し止められたが、遠くから延々運んできたがために桶《おけ》の水は途中で多くが零《こぼ》れ、鎮火は遅れたと申す。

それればかりでなく、お屋敷より増上寺まで人を並べて手渡しで桶を運ばせたため、御用で行き交う幕臣や諸大名の家臣、さらには火を避けんとする町人たちまで道を遮られ、桶から零れた水で道が泥濘《ぬかる》みになったことも合わせて、その場は混乱の極みとなったそうな。

このことにより綱利公はお上より大いなる叱責を受け、増上寺の火消御用も取り上げられたというのが、加賀前田家と増上寺の関わりよ」

これも、加賀鳶から以蔵らがつけられた因縁について、裄沢が例繰方に頼んで調べ上げたことだ。町火消しが誕生して町方がその統括に当たるようになったのは八代将軍吉宗のときからだが、町家の避難誘導やその後の被災者対応などは当初から町奉行所の所管であり、関連・付帯事項として加賀前田藩の一件も記録に残されていたのだった。

「そんなことが……」

しばし茫然としていた達五郎だったが、ふと思い直したように吐き出した。

「旦那の言ってることが真実だとしても――こんなことで出鱈目《でたらめ》口にするわきゃねえからホントのことなんでござんしょうけど――だからって、それをぶつけたとこで加賀鳶は退《ひ》き下がりますめえ。却《けえ》ってこっちの話も耳に入《へえ》らねえほど取《と》り逆上《のぼ》せて、おそらく《おそらかあ》はその場で血ぃ見ることとんなるだけですぜ」

解決にはならないと首を振る。

が、その反論に裄沢は、わずかも動揺を見せなかった。

「まあ、加賀鳶相手に直にぶつけたらそうなろうな。だから、別なところへ持って行けばよい」

「別なところ……」

「まずそなたには、増上寺に願い出て、『寺領とその周辺で仲神道の元締が取り仕切る者以外が商売をするのを少しでも認めれば、どこからどのような輩《やから》が入り込むか判らぬことになり、騒ぎの因《もと》であるから大いに迷惑する』との意向を取り付けてもらいたい。増上寺のほうとしても、そんなことのために自分たちの寺域で面倒な騒ぎが起きるのを好みはすまいから、たとえそなたにまだ借りが残っていると思っておらずとも喜んで応じてくれるであろう——肝心要《かんじんかなめ》な点は、増上寺の上の者にすんなり会って話ができるだけの伝手を、そなたが持っていることにあるのだ。

そして増上寺に一筆認《したた》めてもらった意向は、加賀鳶にではなく加賀鳶を取り纏めておる前田家のほうへ伝えるべく足を運んでほしい」

「加賀前田家とおっしゃいましても……」

「なに、別に前田家の江戸家老に会いに行けと言っているわけではない。加賀鳶を取り纏めている組頭へ、先に述べた前田家が増上寺の火消御用からはずれた経緯を含めて伝えれば、後は組頭のほうが自分のところの上のほうまで話を持っていってくれよう」

「それで、前田家は加賀鳶を抑え切れやしょうか。上に手ぇ回して抑えに掛かったとなったら、それこそ意地んなって反発してきそうに思えやすが」

裄沢に知恵を授けられた達五郎がすぐには得心できないほどに、加賀鳶の喧嘩っ早さと矜持の高さが江戸の人々の間では強く認識されていたのである。

「反発して喧嘩になれば、加賀鳶がどう因縁をつけて若い者を増上寺へ送り込んだかが明らかになる。筋の通らぬ言い分で横紙破《よこがみやぶ》りをしようとした加賀鳶自身が恥を掻《か》くことになるだけでなく、その振る舞いで、主家である前田家の昔の醜聞を自分らの手で世に広めることになるのだ。組頭から事情を上申《じょうしん》された藩の上役とすれば、大慌てで連中を呼んで説得に掛かるであろう。

果たしてそれでも、自分らの意地をただ通したいがためだけに、己らばかりでなく己の主家の恥まで晒《さら》すようなまねが、矜持の高いあの者らにできるかな。やれば、そうした裏事情についてまで一切合財《いっさいがっさい》世に広まることになるのだぞ」

「そいつは……」

思いを巡らせて、達五郎はふーっと息を吐いた。

「お見それしやした。まさかそこまで謀《はかりごと》を巡らされるとは。あっしなんぞじゃあ、とてものこと思いつきやせんでした」

「それもこれも、仲神道の一家と関わり深い上に、増上寺の高僧に大きな貸しがあったそなたがいなければ成り立たなかった策だ。まあ、こういうのが町方なんその役人のやり様ということよ。今後そなたらにまで手口を憶えられては、こちらとしては少々具合が悪いがな」

冗談めかして応じた裄沢へ、達五郎は感嘆の目を向ける。

「しかし、三吉って野郎のことがあるたぁいえ、あっしらみてえな者《もん》のためにここまで……」

「なに、理不尽《りふじん》に遭っておる者がおれば、己でできる手は尽くす──それが町方の仕事であろう。俺はただ、己の勤めを果たしただけだ」

裄沢は、ごく当たり前のこととあっさり応えた。

「──音二郎」

話は終わったと裄沢が肩の力を抜いたとき、達五郎がぽつりと言った。溜息混じりに続ける。

「あいつも、悪い野郎じゃあねえんですけどねえ。いったんこうだと思い込んじまうと、周りが見えなくなっちまう猪《いのしし》みてえなとこがありやして」

「……若いころそなたが可愛がり、今も以蔵が重く用いている者なのであろう。ならば、悪い男ではないというのは間違いないことなのだろうな」

音二郎が三吉を危険視したのは、六の字が思っていたように自分が上に立てなくなることを怖れたからではないのかもしれない。達五郎の言と音二郎の今の組内での立場を鑑《かんが》みれば、このままでは一家が新参者に振り回されて滅茶苦茶《めちゃくちゃ》になりかねない、との危惧からの振る舞いだったのではなかろうか。

裄沢の評価に、達五郎は無言で顔を上げる。その達五郎に告げた。

「俺は、仲神道の中のことには関わらぬ――それは前にも申したな。中のことは中の者で決めればよい。もし何か言える者があるとすれば、それはかつて中にいた先達ぐらいのものであろうしな」

言い終えた裄沢は、立ち上がると背を向けて座敷から出ていく。

じっとその姿を見ていた達五郎は、相手が出ていったにも構わず、去ってしまったその後ろ姿へ深々と頭を下げたのだった。

十

そして、加賀蔦との話し合いから以蔵と三吉が無事に戻った場面。

用は終わったと己の住まいに帰るべく立ち上がった達五郎は、居並ぶ面々の中の一人へ目をやった。

「音二郎、行くぜ」

呆《ほう》けていた音二郎が、自分の名を呼ばれて先代へ顔を向ける。

「まさかこのまんま、一家で哥貴面《あにきづら》し続けられるたぁ、お前も思っちゃいねえだろう――こいつぁ、こんな不出来なまんま以蔵に預けた、おいらの失敗《しくじ》りだ。置いちゃおけねえから、連れて帰《けえ》るぜ」

達五郎の促しに、音二郎も悄然《しょうぜん》と立ち上がり、一歩踏み出した。周囲は、黙ってその姿を見ている。

「お待ちくだせえ」

そこに、はっきりと声が上がった。元締の以蔵が先代を止めたのだ。

「確かに、音二郎は先代からあっしが預かった野郎の一人にござんすが、それからもう二十年近く経っておりやす。その間、音二郎《こいつ》の性根を叩き直せなかったなぁ、他の誰でもねえ、あっしの手抜かりで。真《まこと》に面目次第もねえ、お詫びの言葉もございやせん。

ですが、今は確かにこの以蔵の子分。一からやり直させて、きっちり真っ当な者に鍛《きた》え直してみせやすから、どうかこのまま置いていってやってはいただけやせんか」

「お前、こんな野郎でもまだ手許に置きてえってか」

「へえ。残念ながら、こんな野郎でも他の連中よりゃあ、あっしの跡ぉ継がせる見込みがまだありやすんで」

「！　元締……」

音二郎は、自分の耳が信じられぬような顔で以蔵を見、ついでその視線を三吉へと移した。

三吉が、当たり前のことを口にする様子で言葉を発する。

「あっしゃあ、つい二、三年前からこちらにご厄介になった、ただの新参者です。組内の仕来《しきた》りも余所様《よそさま》とのお付き合いも知らねえことばっかりで、皆の上に立つことなんぞとうていできるような者《もん》じゃございません。この先だってせいぜいがとこ、皆さんのお役にどう立てるか、それを考えるだけで精一杯にございやす」

「三吉……」

音二郎は、ようやく目が醒めたような顔つきになっている。

「だ、そうだが音二郎、お前《めえ》はどうする」

「あっしは《あっしゃあ》……」

音二郎が何かを言う前に、三吉が言葉を掛けた。

「音二郎の哥ぃ、どうかここに残っておくんなさい。あっしらぁ頼りねえかもしれねえけど、一生懸命やらしていただきやすから、皆を引っ張っていただいて、仲神道の一家を盛り立てていきやしょう」

達五郎は、ことの推移を黙って見守っている皆を睥睨《へいげい》する。

「お前《めえ》らはどうだ。この成り行きが気に食わねえって野郎がいるんなら、今のうちに声ぇ上げねえ」

それまで口を閉ざしていた哥貴分の一人が、達五郎の問い掛けに応じた。

「元締のお言葉にございやす。あっしらぁ、黙ってそれに従うだけで」

その男が頭を下げると、一同が揃って同じ動きをした。さすがに内心反発を覚えている者が皆無《かいむ》ということはなかろうが、反対の声は一つも上がらなかった。

「そうかい。なら、おいらが言うこたぁ何もねえ――こいで帰らしてもらおうかい」

そう宣言して座敷の外へ向かおうとする足を、達五郎は途中でふと止めた。自分の目の前で低頭したままの男を見やる。

「おい、三吉とやら」

呼び掛けられた三吉は、「へい」と返事をして顔を上げた。その顔には、さすがに緊張の色がある。

が、見上げた先代の瞳《ひとみ》の中に、峻厳《しゅんげん》さを見ることはなかった。

「お前さん、いいお人と巡り会えたようだなぁ。そんな出会いは、一生のうちに何度もあるモンじゃねえ。せいぜい大事にするんだぜぇ」

帰り際にわざわざ足を止めて呼び掛けられたのも不意のことなれば、話された内容も唐突なものだった。

何のことやらと思いを巡らし、ようやく誰のことを言われたのかが薄《うつす》らと浮かび上がってきた。

もちろん三吉も、加賀鳶との話し合いの成り行きに呆気に取られたうちの一人だった。いや、「いざというときには必ず自分が元締の楯になる」との意気込みで乗り込んだその場で、何を口にするまでもなく相手のほうから頭を下げてきたのを目の当《ま》たりにすることになったのだから、仲神道の子分衆の中で一番驚いたのが己だったと言ってよいだろう。

先方との話し合いに出向く前、元締が先代と二人だけで話をするところを見ていたため、帰り道では「あらかじめ先代が全部段取りしていたことだったか」と勝手に得心し、その度量の大きさに感嘆していた。が、今語り掛けられたことからすれば、実はそれだけではなかったように思えてきたのだ。

「え、じゃあ……」

──裄沢様が。

妙な反応をしていい相手ではないと途中で自制が働き、最後のところは言葉にせずに抑えきった。

達五郎は三吉に穏やかな目を向けて一つだけ頷くと、後は正面に向き直ってそのまま足を進めていく。

以蔵をはじめとする主だった者が見送りのために後に続いた。そんな中、三吉一人はしばらく動き出すことができずにいた。

第三話　昔の罪

一

その日の朝、起床した裄沢は、着替えを済ませてのんびりと朝餉《あさげ》を摂《と》っているところであった。非番ではなく勤めに出る日でありながら、今日の裄沢は普段着姿のままである。

今はまだ己の勤め先である北町奉行所《きたのごばんしょ》は非番月だから、吉原の面番所での立番仕事はない。おまけにお奉行や内与力からは、探索に関する特段の要請も受けてはいなかった。

――ならば、また町の中を気の向くままにブラブラと彷徨《うろつ》いておればよいか。

家を出る刻限についても、遅刻などを気にすることなく好き勝手に決められる。これは、廻り方の中でも特殊な仕事に任じられる隠密廻りだからこそ許される勤務の有りようだった。

――こんな勤めに慣れてしまうと、先々《あと》が怖いな。

ふとそんな考えが浮かんでくるものの、本気で案じているわけでもない。

――まあ、なるようになっていくんだろうさ。

飯や菜《さい》（おかず）に箸先《はしさき》を向け、口に運ぶ合間合間に漠然《ばくぜん》と浮かぶ思いをそのまま流しているだけだ。

「御馳走様《ごちそうさま》」

誰に言うでもなく呟いて手を合わせると、居間の入り口から下働きの茂助が顔を出した。

「お済みでございますか」

「ああ、美味《うま》かった」

「そう言っていただけると、重次《しげじ》も喜びます」

言いながら、膳を下げるべく部屋に入ってくる。重次も裄沢家の下働きで、茂助が不得手《ふえて》な台所仕事などを主にやっている。

「ところで、な」

一礼して空いた膳を片付けようと手を伸ばしてきた茂助へ、裄沢は声を掛けた。

はい、と応じた茂助は、伸ばしかけていた手を引っ込めて座り直す。

「その重次だが、なんぞあったか」

「なんぞ、とおっしゃいますと」

「膳を運んできたときにチラリと見ただけだが、昨夜からどうも顔色が優れぬように思えるのだが」

「……さようにございましたか」

「今朝もそのように見えたゆえ当人に声を掛けたのだが、『何でもございません、ご心配をお掛けして申し訳ありません』と言うばかりでな。ならば、お前に訊いたほうが早いかと思ってな」

わずかに黙った茂助は、裄沢に視線を合わせた。

「これからお出掛けのところを申し訳ありませぬが、少しときをお借りしてもよろしゅうございましょうか」

「おう。別段約束ごとがあるわけでもない。ただ市中を思いつくまま見回って歩くだけだ。話があるなれば、聞くためのときぐらい、いくらでも作るぞ」

ありがとうございます、と頭を下げた茂助は、「では重次を呼んで参りますので」と断り、改めて膳を手にいったん下がった。待つほどもなく、重次を伴って再び現れる。

茂助の態度は先ほどから変わらぬが、重次のほうはいつもよりずいぶんと畏《かしこ》まった様子に見えた。

「そなたらも、もう長いことここで働いておるのだ、今さら憚《はばか》るところもあるまい。さあ、気にせず入ってきてそこへ座れ」

裄沢が気さくに声を掛けると、重次もようやく踏ん切りがついたのか、中まで踏み込んできた。茂助の斜《なな》め後ろに座して、深々と頭を下げる。

「あっしなんぞのことにお気遣いいただきやして、申し訳ございません」

「今さっき口にしたとおり、重次とももう長い付き合いになる。普段とどこか違っておれば、気になるのは当然のこと。

何があった。何でもしてやれるとまでは言えぬが、相談に乗るぐらいはできるぞ。まずは話してみぬか」

頭を下げたままの重次へ、茂助も横から名を呼んで促した。ようやく、重次が重い口を開く。

「あの、あっしがここでお世話になる前と関わりあることにございやすが」

「そう言えばそなた、ここへ来る前は料理茶屋か何かで庖丁人《ほうちようにん》（料理人）をしておったということだったな」

もう十数年も前のことになるが、裄沢が係累《けいるい》全てを亡くし半ば以上自棄《やけ》になって奉公人みんなを辞めさせたとき、唯一残ったのが茂助であり、その茂助が苦手とするところを補わせるためとして新たに連れてきたのが甥《おい》の重次だった。

当時の北町奉行所でそれなりに噂になっていたとおり、すっかりやさぐれていた裄沢は、どうでもよいとばかりに茂助の望むとおりにしてやった。ただし、「いつ俺が奉公構え《ほうこうがま》（解雇）になるか知れたものではないゆえ、そのときにはそなたら二人ともに放り出すことになるぞ」という、武家としてはとんでもない条件を付けてのことだった。

それを受け入れてこれまでずっと裄沢の組屋敷で実直に勤めてきたのがこの二人である。主の裄沢としても、「己の近くで目にしてきただけの間柄」という以上には情が湧いていて当然だった。

「料理茶屋なんてそんな、立派なとこじゃありやせんでした。ただの一杯飲み屋に、ちょいと毛が生えたぐれえのとこで」

「そうであったかな。それでも、腕は当時から確かなものであった。よくこんなところで長く働いてくれているな」
　腕が確かかどうか、毎日ろくな料理を作らせるでもない同心風情の科白《せりふ》として
は口幅《くちはば》ったいものがあるけれど、後段の感謝の言葉は本気である。
　裄沢の声掛けに、重次は黙ってただ頭を下げた。そのまま口を開くことなくじ
っとしている。
「重次」
　自分の甥が沈黙したままの姿に耐えられなくなった茂助が、再び催促の声を掛
けた。それでも、重次は身動き一つしない。
「何か、言いづらい事情でもあるか」
　裄沢の穏やかな問い掛けに、ようやく重次の顔が上がった。
「旦那様……これから申し上げることで、あっしが案じてる相手がお縄になっち
まうようなことがあるでしょうか」
　真剣な眼差《まなざ》しに、軽々しい返答はできなかった。
「話の中身次第ではあるな。聞く前に絶対ないとまでは、悪いが約束してやるこ
とはできぬ」
　重次はまた俯《うつむ》いてしまう。

「どのようなことだ。そなたが案じておるその相手というのは、さほどに大きな罪を犯しておるのか」

「いえ……もう何年か前のことになるはずで」

しばらく間が空いた後、重次はようやく重い口を開いた。ひとこと言葉を発するや、ガバリと顔を上げて縋《すが》るような目で訴える。

「でも、ほんのちょっとした出来心ってヤツで、当人もあんなことになるたぁこれっぽっちも思ってなかったんで」

そこまで言い掛けて、喋りすぎたとハッとして口を閉ざす。

そうか、と応じた裄沢は、わずかに考える素振りを見せてから先を続けた。

「何年か前のことと申したな。ならば、この一年や二年の間のことではあるまい――その者がやってしまったというのは、どんなことだ。まさか人殺しとか、火付けとか、あるいはそれに匹敵するほどの重い罪ではあるまい。なれば、おそらくは何とかなるぞ」

「何とかなる……真でございましょうか」

「まあ、詳しい話を聞かなければ、断言まではできぬけれどもな」

重次の無礼な問い返しに眉を顰めた茂助が、それを呑み込んで背中を押した。

「重次。こうなったら洗《あら》い浚《ざら》いお話しして、旦那様にご判断を仰ぐよりねえんじゃねえのか。お前がいくら悩んでたって、いい考えが浮かぶような話じゃあねえんだろう？」

ようやく肚《はら》を据えた重次は、真っ直ぐ裄沢を見返した。

「旦那様、正直に全て申し上げます。なにとぞお慈悲をもってご判断くださるようお願い申します」

深々と頭を下げた後、重次はようやくことの次第を話し始めた。

二

「あっしが以前勤めておりましたのは湊屋《みなとや》という名の見世で、昼には飯を食わせ、夜には簡単な膳と酒を出すような、小料理屋といった商売をしているところにございました。ふとした行き違いからその奉公先の主に疎《うと》まれるようになって見世を辞め、こちらでお世話になることとなったのでございます。で、こんなあっしにも何人かは親しく付き合う友達《マブダチ》がおりやして、そん中でも一番懇意《こんい》にしていた野郎とは、こちらにお世話になって住まいが離れてからも、少ないながらやり取りは続けておりました。

ところが、今から十二、三年ばかり前のことになりますでしょうか、家で錺《かざり》職《しょく》（簪《かんざし》などの工芸職人）として暮らしを立てていたそのダチ公《こう》が急な病で亡くなったと、突然訃報《しらせ》が飛び込んで参りまして」

本来ならば黙って重次の話を聞くべきなのだが、つっかえつっかえ語る様子を見た裄沢は、そのほうが話しやすかろうと折々に合いの手を入れてやることにした。

「ああ、そう言えば知り合いの法事だと申して、休みを取ったことがあったな」

「急な話なのにあっしを快《こころよ》く送り出してくだすったばかりでなく、見ず知らずの相手に香典《こうでん》までご用意いただきまして、あのときは本当にありがとうございました」

「そんなこともあったかな。なに、弔《とむら》いや祝いごととなれば当然のことだろう——それより、話の続きだ」

「はい、申し訳ございません。

その亡くなったダチ公には子供が二人いたのですが、兄のほうはすでに陶器《とうき》や漆器《しっき》の碗《わん》、皿といった食器を主に扱う小間物屋への奉公を始めておりました。弟のほうがこれから一人っきりになっちまうということで案じておったところ、こちらもそこそこ大きい太物《ふともの》（木綿《もめん》織物）問屋への奉公が決まったってこって、ようやく安堵できたことがございました」

「当時聞いておったかもしれぬが、また教えてくれ。その亡くなった錺職には、女房はいなかったのか」

「それが、二人目の子を産んだときの産後の肥立《ひだ》ちが悪かったようで、乳離れするころまではどうにか保《も》ったのでございますけど、その後に風邪《かぜ》をひいたかと思うとそのまま床上《とこあ》げすることもなく……。あっしがまだ、前の見世で働いていたときのことにございました」

そうか、と応じた裄沢に、重次は先を続ける。

「それでみんな上手く収まったかと、太平楽《たいへいらく》に考えていたのでございますが……。

これは、そのダチ公が死んでから何年か後の話にございますけれど、二人のうちの弟のほう――次助《じすけ》という名にございますが――奉公先の太物問屋でも可愛がられてずいぶんと早く手代にまで引き上げられていたそうにございます。この次助が得意先から受け取った売り掛けの金を見世に戻る途中のどこかで落としてしまったということがございました。真っ青になった次助は、落とした金を探していたところでバッタリ出くわした兄の初太《はった》に、相談を持ち掛けたのでございます」

「どれほどの金子《きんす》を落としたのかは知らぬが、思い余って身投げをするようなことになる前に実の兄と出会えたのは、幸運だったのであろうな」

「ええ、そんなことになる前に出くわしたのはようございましたでしょうが、それも手放しで喜べるほどだったかどうかは……。

青い顔をした弟から事情を聞いた兄の初太も、得意先からお見世へ金を持ち帰る途中だったのでございます」

「まさか、その金を弟に?」

「はい、そのまさかで」

「兄は、弟に渡してしまった金をどうするつもりだったのだ。奉公先から頂戴している給金程度で補える額ではなかったのであろう」

商家の奉公人は、衣食住の全てを見世で賄《まかな》ってもらう代わりに、給金は小遣い銭程度しかもらえないのが通常の有りようだった。その分たとえば、番頭になってから一本立ちが認められて暖簾分けしてもらえるようになると、ほとんど見世の負担で商家の主になれるなど、それまでの勤務状況に応じて退職時に応分の金が支払われるような慣習があった。

「確かに、おっしゃるとおりにございます。兄の初太としては、いったんは立て替えておいて、それでも落とした金が出てこなければ、弟の奉公先である太物問屋の主人に兄弟二人で平身低頭《へいしんていとう》詫びるつもりだったようにございます」

「その場ですぐに、とはせずに、いったんときを置いたと？」

「はい。実はそのとき、弟が奉公する見世の主は所用があって、泊まり掛けの他《た》出《しゅっ》をしておったそうで。後を任された番頭が厳しい男で、これは当人の思い過ごしだったかもしれませんが、なぜか次助を目の敵《かたき》にするところがあったそうにございましたので。弟の身も世もない様子を見た兄が、主が見世に戻ってくるまでは内緒にしておこうと決めたようです」

「ところが、上手くいかなかったと」

「はい。初太が受け取った金子は、数の多い注文を受けてもらうための内金《うちきん》だったのですが、その注文主からさっそく『品はいつ入るのか』との問い合わせを見世が受けてしまったそうで。見世のほうでは自分のところの手代である初太より『内金は少し遅れる』との話を聞いてすっかり信用しておりましたから、『内金を頂戴致しましたらすぐにでも』と返事をしてしまいまして」

「注文主からもう払ったはずだとの苦情を受けて、騒ぎになってしまったか」

「全くそのとおりで。兄弟は致し方なく、まずは注文主から内金を受け取りながら不始末をしでかした格好になった初太の奉公先へ、二人揃って頭を下げに行きました」

「その後は注文主と、売掛金を落としてしまった弟の奉公先か」

「はい。そちらは初太の奉公先である小間物屋の主も、一緒に謝りに行ってくれたそうですが」

「すると兄の奉公先のほうは、当然叱られたではあろうが、どうにか赦《ゆる》してもらえたということだな――まあ、最初から正直に打ち明けなかったのはよくなかったとはいえ、いずれもまだきちんと分別のつかぬ若い者による、悪気《わるぎ》まではない行いだ。残る二つの見世も、普通に考えるならば兄の奉公先と同じように穏便《おんびん》に済まそうとするところであろうな」

「兄弟二人ともに、初太の奉公先の主が広い心でお赦しくだすったことでホッとしたでしょうけれども、そこまで上手くはいきませんで」

「と言うと、弟に厳しく当たっていたという太物問屋の番頭あたりが騒ぎ立てたか」

「いえ、そちらのほうは見世の主がすでに帰っていたこともあり、大ごとにならずに済んだのでございますが、注文主のほうが……」

「相手の見世の奉公人のせいで、注文した品の到着が遅れることになった、あるいは見世に嘘をつかれ、催促をしたこっちが恥をかかされたと、臍《へそ》を曲げた」

重次は、肚《はら》を据えたように居ずまいを正した。

「実はその注文主というのが、あっしが前に働いていた湊屋でしたんで」

「ほう？」

「湊屋の主はというと、そう悪いお人ではないんでしょうが、どうにも自分の思いどおりにならないと意固地《いこじ》になるところがございまして。あっしがあの見世を辞めることになったのも、道理の通らぬことを無理にやらされそうになったからにございました」

そこで茂助が口を挟んで、重次だと言わないであろうところを補足する。

「重次に辞められて、その小料理屋の主も己《こいつ》のもの言いを後悔するところがあったのでしょうか、戻ってこいという話を重次にしたようにございますが、こいつはこいつで頑固《がんこ》なところがございますから」

「前々からウンザリしていたこともございまして、いい機会だと思えてしまったもんですから……」

「それはそれでよかったのでしょうが、問題は立ち戻りを断られた湊屋の主のほうでして。主たる自分が下手《したて》に出てやっているのに突っ撥ねられたのが気に食わぬと腹を立てまして、重次が新たな働き口を探しておるのの邪魔立てをしたのでございます」

前に勤めていた見世がわざわざ悪評を知らせてきたとなれば、新たな見世のほうでは雇うべきか躊躇《ためら》いが生じて当然であろう。

「それで、俺のような者のところへ来たか」

「見るに見かねた叔父貴《おじき》が声を掛けてくれました。こちらでお世話になることができまして、お蔭様で今までこうして何不自由なく過ごせております」

何不自由なく、とまで言われるのはお世辞にせよ面映《おもは》ゆいばかりだが、今はそんなことなど、どうでもよい。

「して、かような性格《たち》の男であったから、その一件でも大いに文句を口にして引き下がることがなかったと？」

「実は、あっしが湊屋を辞めたとき、その前後の経緯を聞いた親友《マブダチ》――兄弟の父親が、あっしのために大いに怒ってくれたということがございまして。あっしの新たな働き口を探すのに駆けずり回ってくれたのはいいんですが、そのときに湊屋の主のことをだいぶ悪く言って回ったようで」

「それが巡り巡って、元の雇い主であるその男の耳にも入っていたか――で、何年も前になるそのときの恨みを忘れることなく、死んだ父親の代わりに倅二人に意趣返《いしゅがえ》しをしてきたと」

「はい。さすがに己の金を直接どうこうしたわけでもない上、奉公先の主が赦している弟のほうには文句はつけられなかったようですが、自分の注文した品が届くのを遅らせることになった兄の振る舞いは、どうにも勘弁ならぬと」

「強弁して、辞めさせようとした……」

「小間物屋の主は何とか奉公人である初太を庇おうとして、内金を含め全ての金を返した上で注文の品を届けようとまで申し出たのですが、それでも湊屋の主は得心せずに。結局、初太は自ら見世を辞めることにしたのです」

「ずいぶんと狭量な男もいたものだな」

「それでも、元の奉公先からの手助けもあって、担《にな》い売《う》りの小間物屋としてどうにか暮らしは立つようになりました。湊屋のほうも、初太を辞めさせたときに見せた強談判《こわだんぱん》のあまりの酷さが近所で評判になっておりましたから、さすがにそれ以上の手出しはできなかったようで。

その湊屋も、今から二年ほど前には見世を畳んじまったそうです。今はどこでどのように暮らしてるのか、初太ら兄弟を含めて近所だった連中も知らねえようでして」

「さすがにさほど狷介《けんかい》な心根が明らかになったとなれば、周囲の連中の付き合い方も徐々に変わっていった、ということであろうかな」

「さあ。おっしゃるとおりなのか、あるいは他でも何かやらかしたのか、そこまでは存じやせんが……」

話にひと区切りがついたところで、裄沢は口調を改めた。

「なるほど。以前にそなたが勤めていた見世の周囲で、かつてそのようなことがあったと。で、それが今のそなたの憂《うれ》いにどう繋がるのだ」

重次は黙ったまま、もの問いたげに裄沢を見ている。

「そなたの案じていたのが、今聞いた兄のほうの見世の金の扱いについてであれば、何も心配することはない。ずいぶんと昔の話であるようだし、なにより関わった面々の間でもうすでに話はついておるのであるからな」

桁沢の断言を聞いて、重次は「本当でございますか」と顔を上げる。

このような、問題はないと誰でも分別がつきそうな話に、なぜそこまで悩んでいたのかと奇妙に思いながらも、桁沢はそのことには触れずに安堵させる言葉を繰り返した。

「嘘は言わぬ。町方としてお奉行様が下すお裁きの案を纏めるような仕事を長いことやってきた俺が言うのだ、信用せよ。

それより、その後のことだ。今さら憂い顔になっておるということは、まだ何かあるのだろう？」

はい、と応じた重次は、だいぶ顔色を戻しながらも、視線を下げたまま桁沢の問いに答えてきた。

「それからのことにございますが、弟の次助のほうは以後も奉公先である太物問屋で可愛がられ、いずれは番頭にもと望まれるようになっております。

兄の初太のほうなのですが、担い売りで得意先も出来、仕入れ先として付き合いのある問屋などからの評判も悪くなく順風満帆《じゆんぷうまんぱん》に来ておったところ、あまり大きな見世ではないものの実直な商売をやっている仕入れ先の一つから、『娘の入り婿《むこ》としてうちに来る気はないか』という申し出を受けまして」

「ほう、それならばよかったではないか」

「はい。そこまではよいお話だったのでございますが――その小間物問屋の親戚筋から反対する声が上がったのでございます」

「……それが、前の奉公先を兄が辞めた経緯《いきさつ》と関わりある話か」

「はい。その親戚筋からは、『見世の金を盗んで奉公構えになったような者を跡取りにするのはどうか』と反対の声が上がりまして」

「兄が辞めるに至った詳しい話をすれば、得心してもらえそうなものだが？」

「それが、どこからどのような話を聞き嚙《かじ》ったものか、『初太は奉公先の金を着服せんとしたものの発覚しそうになり、別の奉公先に勤めていた弟が落とした見世の金の穴埋めに使ったと誤魔化そうとした。その言い訳が通じずに辞めさせられたような男だ』と貶《けな》すばかり。終《しま》いには、『どうしても考え直さぬようなら、当時のことをお上に改めて吟味してもらうことも考えねばならぬ』というようなことまで匂わす始末でして」

これが、重次が顔色《がんしょく》を失うほど案じていたことなのだろう。考えてみれば、兄弟が金を落とし兄が奉公先の金を流用して穴埋めを図ろうとしたという話は、兄弟をはじめその周囲から重次が聞き取ったことにすぎなかろう。親友の子のことであるから信用はしているのだろうが、重次がこの一件よりずっと前から裄沢のところで働いていたからには、兄弟のことを近くで見守り続けてきたわけではない、ということになる。

ならば、「自分が聞かされたことには、もしかしたら嘘が混じっているのかもしれない」という不安が心のどこかにあっても、おかしくはないのだ。できて当然というような言いようで「改めて吟味」などと口にされてしまえば、自分のことでないだけになおさら不安が募《つの》ってくるのも、判らぬではない。

話を聞く裄沢が何を考えているのかを知ることもなく、重次の言葉は続いた。

「その親戚の言いようがあまりに強引で、自信がありそうな口ぶりだったために、婿入りを申し入れた問屋が『そなたの捉え方が間違っている』と初太に代わって申し開きに努《つと》めても、他の親戚連中はどうしたものかと迷い始めておるような次第でして」

単に親戚だというばかりでなく商売上の付き合いもあって、そうした面々の意向を無視することはできない——あるいは少なくとも、全員からの祝福が望めないと二の足を踏まざるを得ない、といった状況なのであろう。

「親戚の中でも声の大きい者がそのようなことを言い出したのであれば、周囲も簡単には婿入り話への賛同はできぬか」

「申し入れてきた相手方一族の内輪揉《うちわも》めを耳にした初太のほうは、見世にご迷惑を掛けるぐらいなら辞退しようかと考え始めているようでして。それを、婿に迎えたい問屋が懸命に押し留めているところにございます」

「まあ、自分のせいで厚意を向けてくれた相手先が要らぬ苦労をしているとなれば、そのように腰が引けるのも判らぬではないな。

しかし、その反対している親戚というのは、どうしてそこまで強いもの言いをしておるのか。誰かからの入れ知恵でもあるということなのだろうか」

「入れ知恵している者があるかどうかは存じませんが、どうやらその親戚、自分の倅を婿入りさせたいのではないかと」

「なるほど、そんな年ごろの倅がおるか――しかし何年も前の話を、思い込みがあるにせよ、さほど詳しく知っておるというのはいささか解《げ》せぬな」

「とおっしゃいますと、やはり陰で入れ知恵している者が……」

「それははっきりせぬが、話は判った。少し調べてみようか」

重次がここまで気にするのは、兄が奉公先を辞めるに至った経緯に、その父である自分の親友の、重次を思いやったが上の振る舞いが関わっているからでもあろう。またそうでなくとも、亡くなった友の子となれば、案ずる気持ちが生じるのも当然だ。

裄沢はその場で宣言したとおり、自ら動く気になっていた。

「あっしのような者が、面倒ごとをお耳に入れるような不調法《ぶちょうほう》をしてたいへんに申し訳ございません。もしこれでお仕事に差し障りが出るようなことがあれば、償いようもございません。

こんな野郎の話に耳を傾けていただいただけで、もう十分にございます。どうぞお聞き捨てくださいますよう」

話を聞いてもらっただけでいくらか心が軽くなった重次は、己の旦那を案じ手出しは考え直すよう求めた。が、裄沢に翻意《ほんい》するつもりはない。

「そなたに話を求めたのは俺のほうだ、何も気にすることはない。それに、今は特段上役から命ぜられていることもないでな、好きに動けるだけの余裕があるのよ」

「しかし、あっしのような者のことでお手間を取らせるのは……」

「町の者の悩みを聞いて、必要あると考えたときにはそれに対処するのも、俺の今のお役である廻り方の仕事の一つだ。これを行うにあたっては、相手が大商人であろうと裏長屋の住人であろうと変わりはない――たとえそれが、町方役人のところで雇われておる奉公人であってもな」

「旦那様……」

「まあ実際には、上からどうこう言われてしまうと、力の入れようが変わってくるということはあるし、逆に自分が不当に肩入れしていると思われかねないときには、他の者に頼んで代わってもらうようなこともあるがな。

こたびはそのいずれでもないからには、俺でやれそうなことは自分で乗り出してみようということさ」

裄沢の気さくなもの言いに、重次に続いて茂助も深く頭を下げた。

三

組屋敷を出た裄沢は、本日の行く先を変更し、己の勤め先である北町奉行所へと足を向けた。

もともとゆっくり家を出るつもりであった上に、出掛けに重次の話を聞いたことでずいぶんと遅い出発になったから、陽はだいぶ高いところまで昇っている。

当然、裄沢の周囲に出仕する町方の姿は一人も見当たらなかった。

門番の挨拶を受けて表門を通った後、足は表門脇の同心詰所前を素通りして、さらに奥へと向かう。奉行所本体の建物の中へは入らず、建物沿いに角を左手へ曲がると、ちょうど目当ての男と行き合った。北町奉行所で小者の取り纏め役をしている小者頭の一人、仁助《にすけ》であった。

「仁助、ちょうどよいところで会えた。もし手が空いているようなら、また貫太《かんた》を借り受けたいのだが」

貫太は裄沢が隠密廻りのお役に任じられてほどなく、仁助の推薦《すいせん》で探索の手伝いをしてもらった小者であった。

「へい、大丈夫でございます。今、呼んで参りやしょう」

上役に己の仕事ぶりを顕示《けんじ》したい者は別として、廻り方は普段の細かい仕事の一々を報告したり記録に残したりはしない。些細なこととして、特に上役や同輩の面々に報告するつもりもなかった。

裄沢がこれからやろうとしていることは、現在の感覚からすると「仕事に私情を差し挟む行為」と見なされようが、手心を加えようとか町方の権力で事実を強引に捻《ねじ》曲《ま》げようとかするつもりさえなければ、当時なら組屋敷で重次に言ったと道理《どうり》おり「町の者の困りごとに手を貸す」という本来の仕事の一部と見なされた。

これについて、特段の手続きも必要とされたりはしない。これまで全ての廻り方が当たり前にやってきたとおりの要請としてものを言っているから、仁助も別段気にするところなく、即座に応諾《おうだく》して小者らが待機している部屋へと向かっていった。

ほどなくして仁助は貫太を伴って再度現れ、裄沢に頭を下げて自身の仕事へと戻っていった。

「裄沢様。またあっしをお使いいただけるとのことで。こたびは何をすればよろしゅうござんしょうか」

貫太は期待に満ちた顔で、裄沢を見つめていた。

「まあ、前回同様あまり大きな話でなくて済まぬが、また手伝ってもらえるとありがたい」

使われる立場の者への丁寧な言いようへ「お気になさらず」と応じた貫太は、裄沢が重次から聞いた話に熱心に耳を傾けた。

「お話は承りやした──で、とりあえずのとこ、あっしは何をやればよろしゅうござんしょうか」

「いろいろとやってもらいたいことがあるが、一つは、今俺がした話の裏付けを取ることだ。たった一人の者から聞いただけのことゆえ、話に偏《かたよ》りや間違いがないとは言い切れぬ。まずは、それを確かめてもらいたい」

「へえ」

「ただしその探りについては、そなたでなくともいいかとも思っている」

きちんと頼られてはいないのか、という微妙な顔になった貫太へ言葉を付け足す。

「そなたには、より難しいほうを受け持ってもらいたいのでな。もしそちらのほうで手が回らなくなるようであれば、先に述べたほうは、そなたが見込んだ者へ仕事を回してもらって構わない」

「へえ、承知致しやした。で、その大事なほうってえのは」

「初太の婿入りに反対している小間物問屋の親戚という男の、裏を探ってもらいたい」

「てえと、裄沢様がおっしゃるところの入れ知恵した者が誰かを突き止めればよろしいんで」

「実際にいるかどうかも判らぬ曖昧模糊《あいまいもこ》とした話ではあるがな。ただその親戚が、まるで確信でもあるかのように己が関わっていない昔のことを話しているというのが、少し引っ掛かっておるのだ」

「なるほど……判りやした。昔の出来事の確かめのほうは、さほど手間ではなさそうですんで、とりあえずは問屋の親戚の陰に誰かいそうか、そっちから手ぇつけさせていただきやす。そいで手が足りなくなりそうでしたら、仁助さんにも相談して応援を回してもらうことにしやすんで」

「やり方は任せる。よろしく頼む」

裄沢に軽く低頭した貫太は、さっそく勢い込んで、頼まれごとを果たしにその場を離れた。

それから数日後。非番で家にいた裄沢のところへ、小者の貫太が調べた結果を報告するために顔を出した。話を聞いてみればおおよその調べが済んでいたので、いよいよ幕引きを図ることにする。

婿入りを持ち掛けた小間物問屋の主は、当初より考えがぐらついてきているものの、いまだ初太に未練を残しているようだ。ならばということで、重次を使いに出してやって、問屋の主にこの一件に関わる面々を集めさせることにしたのだった。
裄沢の命を受けて話をしてきた重次によると、どうやら向こうは紛糾《ふんきゅう》して婿入り話が壊れかけているところだったようで、裄沢から知恵を授けられたとおり「次の集まりで決着をつける」という方向に話を持っていったことで、皆が無理にでも都合をつけて早々に寄り合うこととなった。

重次からの報告を受け、裄沢は自ら北町奉行所へ赴くことにする。用件は、貫太に一件の関係者が集まる日と刻限を伝え、必要な段取りをしてもらうことだった。

用事を済ませて帰宅するため表門のほうへ足を進めると、ちょうど夕刻の打ち合わせを終えたところだったのであろう、定町廻りの来合轟次郎《らいごうごうじろう》が同心詰所から出てくるところに行き合わせた。来合は裄沢と同い年の、幼馴染みである。

「よう、今帰りか」

裄沢の声掛けに、来合は「ああ」とのみ答えた。

裄沢は、来合が出てきた同心詰所の中をちらりと見やる。そこに顔を出して挨拶してから帰ろうかと思っていたのだが、来合と顔を合わせたことで考えを変えた。

来合と並びつつ、問いを発する。

「夕刻の打ち合わせはもう終わったのかい」

わずかにこちらを見た来合は、ぶっきらぼうに応じた。

「終わったからこうやって帰るんだ」

――でも、他の面々はまだ残ってたよな。

口にしない問いを、心の中だけで発した。

来合の言うとおり、打ち合わせそのものは終わっているのだろう。その後しばらくは雑談に興じるのがいつものことだから、今残っている面々はその最中に違いない。

来合にしても、いつもならその雑談に付き合ってから皆とともに出てくるはずのところを、今日は一人だけ早々に退出したことに、裄沢はふと違和を覚えたのだ。

しかし、何とはなしに、真っ直ぐ問うことが憚られた。

――さっさと帰ろうとしてる上に、俺が家の近くまで同道することとんなっても煩《わずら》わしそうな様子がないとなると、たぶん気にしてんのは来合家《いえ》の中のことか。するとこの場合の搦《から》め手《て》は、と。

「お前んとこの谷津婆《やつばあ》さんも、そろそろいい歳なんじゃないのか」

谷津は、近年までずっと独り身を通してきた来合のところで、飯炊きのために雇われている老婆である。その来合が所帯を持ったことで雇い続ける必要はなくなったのだが、働き口を失った後の当人の暮らし向きを慮《おもんぱか》った来合夫妻が、いまだ雇い続けている通いの下働きであった。

「それが腰を痛めたそうでな、先日から休んでおる」

「もうそろそろ、勤めはきついか」

「かもしれぬ。まあ、動けなくなってからの面倒は同じ長屋の連中が見てくれるらしいんで、心配はなさそうだがな」

とは言いながら、そうなったらなったで、来合夫妻もいろいろと世話を焼きそうではあった。

——けど、そうか。婆さんは今いないと。で、たぶんそうだろうとは思ってたけど、話しぶりからすると婆さんのことじゃあ、ない。

「まあ、婆さんが辞めたら辞めたで、もうどうにでもなるんだろう?」

「ああ、美也《みや》は婆さんにも教わっていろいろできるようになってるし、都和《つわ》は前にやってたことがあるらしいからな。婆さんが休んでても、困っちゃいねえよ

――もっともそんなこたぁ、婆さんの前じゃあとっても言えねえけどな」

美也は来合の妻で、都和は美也につけられてきた女中だ。将軍側室になることを望まれて大奥に上がりながら親の期待に応えられなかった美也に、実家がそのような厚遇をもって嫁に送り出すことはなかったが、美也を実の子とも想う親代わりの備前屋《びぜんや》が、自分のところの女中をつけて寄越《よこ》したのが都和だった。

「そんな話を耳にしたら、婆さん、這《は》ってでも出てきそうだな」

裄沢の冗談に来合は苦笑を浮かべた。が、その表情にはやはり翳《かげ》りがある。

「そういや都和さんて、ずっと独り身だったか？」

「いや。若いころ所帯を持ったけど、すぐに旦那を亡くしてそれから備前屋の女中に舞い戻ったと聞いてる」

「家族は」

「一人っ子で、早くに親も亡くしたらしいな。そういやいまだに本名は知らねえまんまだけど、お満津《まつ》の方様――お中臈《ちゆうろう》（将軍側室）になった備前屋の一人娘が、生まれてすぐぐらいからあそこへ働きに出たらしい」

今は亡きお満津の方は大奥における美也の庇護者《ひごしや》で、美也を実の妹のように可愛がっていたらしい。備前屋が名実ともに美也の親代わりを勤めるようになったのも、このときの縁があったからだという。

——確かお満津の方様は二人兄妹《きょうだい》の妹のほうで、妻帯してる兄はまるで婿入りしたみたいに舅《しゅうと》である植木職人のところへ住み込みの修業に行っていたとか。ならばやはり、あり得るか。

「なんだお前。もしかして都和に気があるのか」

表情だけ見ると本気で訊いていそうな来合へ、「そんなんじゃねえや」と苦笑いしてみせる。

そろそろ切り出しどきかと、裄沢は口調を改めた。

「打ち合わせが終わったら早々に切り上げてきたのは、美也さんに心配ごとがあるからか」

突然話題を変えた裄沢を、来合は一瞬鋭い目で見たが、気を取り直して返事をしてきた。

「たいしたこっちゃねえ。ちょっと食欲が落ちて、料理してると気分が悪くなったりする日があるって程度だ」

——なら、やはり。

「医者には診《み》せたのか」

「それが、当人がそんな大袈裟なことじゃねえって嫌がるからよ」

本当は抱きかかえてでも連れて行きたいのに、美也に嫌われたくないがゆえに動けずにいる、という苦渋《くじゅう》が丸判りの言いようである。実際そんなことをしても、嫌われることなど全くあり得はしないのだが……。

「お前、確か明日は非番だったな」

「ああ、そうだけど……」

「なら、絶対に美也さんを医者に診てもらえ。嫌がってたって、当人に知らせずに呼んじまえば、まさか診せもせずに『帰して』とは言わないだろ」

裄沢の珍しく強引な言いように、来合は戸惑い顔になる。

「美也さんには、俺が心配して勝手にそうさせたと言やあ、お前が怒られることはないはずだ——ああそれから、来合家の掛かりつけがいるかもしれないけど、呼ぶのは提灯掛横丁《ちょうちんがけよこちょう》の慈庵《じあん》先生にしとけ」

——なにしろ医者にも、診立《みた》てる中身に得手不得手《えてふえて》があるからな。

町方の同心には、少ない俸禄《ほうろく》の足しにするため内職に励《はげ》む者はほとんどいなかったが、代わりに組屋敷の敷地内に別棟を建てて貸し出すようなことをしている者が多かった。お役目柄、妙な商売の者に貸し出す危険は避ける傾向が強く、店《たな》子《こ》（賃借人）は医者や学者などが多かったと言う。

　こちらを見る来合が、裄沢の意図に気づいたかは判らない。

「広二郎、お前……」

「判ったな。必ず診せろよ」

　いつになく強気で承諾を求めてくる裄沢の態度に、来合はつい気圧《けお》されて頷くのだった。

四

　そしてその二日後。初太に婿入りを打診した小間物問屋が、親戚たちとの話し合いに「この日で決着をつける」と表明した当日。

　皆が集まる場としては当の問屋の見世、あるいは檀家となっている寺でとの提案がなされたものの、いずれも反対の立場を取る親戚に拒否され、その親戚が選んだ料理茶屋の座敷を借りて行うこととなった。

　二列で対面する上座の一方には、初太とその婿入りを望む小間物問屋の紀州《きしゅう》屋《や》、さらに二人の正面には婿取りに反対する、これも小間物を扱う見世を営む野《や》州屋《しゅうや》が対座している。それ以外の親戚たちが、一人より下手《しもて》のほうに居並んだ。

ただ紀州屋たちの後ろに一人だけ、親族たちにも全く見憶えのない男が座している。皆に遅れて紀州屋たちとともに最後に現れた男は、むしろ粗末と言えるほどの身形でありながらも周囲に気後れする様子なく、勧められた場所に平然と腰を下ろしたのだった。

「これで全員揃ったようですし、皆さんお忙しいことでしょうから、余計な挨拶は抜きで始めさせていただきましょうかな」

わずかな緊張を漂わせ、皆を見渡しながら声を上げた紀州屋へ、野州屋がさっそく食って掛かる。

「紀州屋さん、お待ちなさい。あなたの後ろにいるその男は何ですかな――ここは、親戚一同で話し合う場にございましょう。あなたが婿にと望んだ男だけならともかく、断りもなく赤の他人まで連れ込むとは、いったいどういう料簡《りょうけん》にございますのか」

いきなり嚙みつかれた紀州屋だったが、不快な顔を見せることなく、努めて落ち着いた声で返した。

「この後すぐに皆さんにご紹介するつもりでしたが、せっかくのお言葉ですからこのまま進めましょうか――こちらは貫太さんという名のお人ですが、こたびの一件について調べ物をしていただくということで、お手伝いをしていただいた方になります」

「わざわざ人を頼んで調べごとをするなど」

「野州屋さんとは、こたびのことについては互いの知るところがあまりにも違っておりましたから。我らいずれとも関わりのない分、偏りのない見方ができるお人に改めて調べていただくのがよいかと存じましてな」

「偏りがないとは笑止《しようし》な――紀州屋さんが連れてきたお人なのに、我らにそれを信じろと？」

「ずっとそうした仕事で身を立ててきたお人にございますし、こたびお願いをするまでは、手前もいっさい知らぬお方にございました」

「とはいえ、紀州屋さんの金で動くことになったお人にございましょう」

これに紀州屋が何か答える前に、言い合いの因《もと》になった貫太が口を挟んだ。

「あっしの調べに偏りがあるかどうか、まずはあっしの話を聞いてからご判断願いましょうか」

「フン、その話が信用できないと言っているのですがね」

「聞きもしねえうちから一切合財引《いっさいがっさいひ》っ括《くる》めて突っ撥ねるってなぁ、正しい話をされて手前《てめえ》の都合の悪いことになっちまうのが困るってこってしょうかね」

「なにをっ！　いくら紀州屋さんが連れてきた者だとて、どこの馬の骨とも知れぬ男が、場をわきまえなされ‼――全く、不調法にもほどがある」

怒鳴り声を上げたときに浮かせた腰をそのままに、気を落ち着けようとしても鎮まりきれずにいる野州屋を、貫太は平然と見返す。

自分が連れてきた男のせいで騒然とし始めたのに、紀州屋は場を鎮めようとする素振りもなく、黙ったまま静かに座していた。

「お座りなせえ」

「！」

野州屋は、真っ直ぐ見てきた貫太の静かな声に威圧されて絶句する。

「周りをよぉくご覧なせえ。皆さん誰も、あんたさんのように騒いでらっしゃるお方はおりやせんぜ。まずは話を聞いてから――皆さんそう思っていらっしゃるようだ。それを野州屋さんとやら、あんたさんは、お一人でブチ壊しなさるおつもりで？」

貫太の冷えた問い掛けで、わずかに平常心を取り戻した野州屋は周囲を見回す。——ここで一人先走っては、誰もついてこない。いったん矛《ほこ》を納めるべきか……。

そう判断した野州屋は、紀州屋の隣で俯いたままひと言も語らない初太を睨みつけた後、渋々腰を敷物に落とした。

「ならば、話してみなさい——けれど、碌《ろく》でもない出任《でまか》せを口にするようなことがあれば、ただではおきませんよ。それをよく肝《きも》に銘《めい》じた上で口を開くことだ」

野州屋の脅しなど痛くも痒《かゆ》くもないと聞き流し、貫太はそれ以外の皆に向けて、まるで何ごともなかったかのような穏やかな声と表情で語り出した。

「それじゃあお許しを得ましたんで、ご報告をさせていただきやす。

まずは手前のことですが、先ほど紀州屋さんからご紹介に与《あずか》りましたとおり、手前は貫太と申す半端者《はんぱもの》にございます。ただ、半端者にせよこの歳になるまで、人に頼まれた調べ物をすることで身過《みす》ぎ世過《よす》ぎをして参りました男。仕事には決して手を抜かぬことを誇りとして生きて参りました。本日の調べについても、手を抜いたり手心を加えたりなどという碌でもないマネは、いっさい致しておりません。どうか最後までご静聴下さいますよう、よろしくお願い申し上げやす」

貫太は深々と一礼する。

紀州屋とともに現れて座に着いたときの場違いな様子から、一端《いっぱし》の商人である野州屋相手にわずかも動ずるところのない迫力あるやり取り、そして今の鮮やかな口上と、居並ぶ中にはくるくる変わる貫太の様子に、目を白黒させている者もいる。

野州屋の「フン、どうだか」という茶々は、貫太によってまたもあっさりと黙殺された。

直った貫太は、初太の弟の次助が見世の金を落としたところから、それを相談された初太が己の預かっている金で穴埋めし、最後にはそれが発覚して初太が奉公先を辞するに至るまでの話を滔々《とうとう》と述べた。その話の内容は、重次が裄沢へ相談したこととほぼ一致していた。

「――ですのでこの一件について申し上げれば、兄弟の二人いずれも、人の金を自分の懐にしようなどといった悪い考えで動いたものではございやせん。確かに初太さんは判断を誤ったとは申せましょうが、若いうちはことの是非《ぜひ》をきちんとわきまえられないときもあるというのも、皆さんご自身を振り返ってみれば、いずれのお方も憶えのあることにございましょう。

その後の初太さんが、心を入れ替えて真っ当に商売に励んでこられたことは、ここにおられる紀州屋さんがその目でしっかりと見て、娘の婿として、また見世の跡継ぎとして相応《ふさわ》しいと選ばれたことでも、はっきりしていると存じやす。

以上、これがこたびの一件についてあっしが調べ上げた全てにございやす——なお、あっしがこの場で申し上げたことについては、初太さんのかつての奉公先、ことの発端となった次助さんが今でも奉公を続けていなさるお見世のご主人、そのお二人のいずれからもこの通り、紙に書いた物でしっかりと保証をしていただいております。どうぞ皆さんで御披見《ごひけん》くださいませ」

報告を終えてまたも一礼した貫太は、懐から取り出した畳んだ紙片二枚のうち、一方を自分と同じ列に並ぶ者へ手渡した。もう一方は野州屋へ手渡そうとしたが、野州屋が受け取らないので次の席の者に差し出す。

隣の者と一緒に手渡された紙へ目を通す面々を苦々しい表情で見やった後、野州屋が口を開いた。

「そのような紙切れ、どうにでもデッチ上げられましょうが」

貫太は落ち着いて反論する。

「そこに見世の名も見世の主の名もはっきりと記されております。お疑いがあるなら、ご自身の足で確かめに行かれればよろしゅうございましょう」

一瞬、悔しげに口を引き結んだ野州屋は、意を決したように大声を上げた。

「そんなことをするまでもない」

「え？」

「ここに、当時のことをその目で見た人物を呼んでありますからね——おいっ」

野州屋が閉ざされた襖の向こうへ呼び掛けると、その襖が開けられて、隣の座敷から一人の男が顔を出した。

「どちらさんで」

貫太は、動揺することなく落ち着いた声で問い掛ける。

得意げな顔で返答してきたのは、現れた男ではなく野州屋だった。

「こちらは練左《れんざ》さんというお名で、初太が小間物屋の奉公人をしていた当時のことをよく知るお人だ」

練左と紹介された五十過ぎかと思われる男は、野州屋へ向けて愛想笑《あいそわら》いを浮かべた後、そのままの表情で自分を見上げる周囲の面々を見回した。

練左、という名が野州屋の口から出たときに初太はぴくりと肩を震わせた。ずっと俯けていた視線を上げて練左の顔を見つめ、茫然となる。

そんな様子にはいっさい構わず、野州屋は言い放った。

「さあ、練左さん。あなたがご存知のことを、ここにいる皆さんにご披露してもらえませんか」

へい、と卑屈《ひくつ》に一つ頭を下げてから、練左は口を開く。

「そこにいる初太という男は、若さに似合わぬとんでもないことをした野郎で。得意先から受け取った金を着服しようとしたのがバレそうになったんで、弟が見世の金を落としたことにしてもらって、自分はその穴埋めをしてやったがために手許に金がなくなったと言い訳したというのが真相にございまして」

練左という男は、自分を見つめる初太の顔を冷たく見返しながら告げた。

「さあ、初太よ。何か言いたいことはあるかい」

単に視線で威圧されたからというばかりでなく、自分が正しくないことをやったのは事実だから、そのことについては弁解はできないという思いもあったのだろう。練左に問われても、突然のことで初太は言葉が出ない。

そこへ、黙って見ていた貫太が声を上げた。

「ほう、あんたが練左さんですかい」

呼び掛けられた練左は眉を顰《ひそ》める。ついで、にべもなく突き放した。

「お前さんとは、会ったこともないと思うが」

貫太はいっこうに堪《こた》えた様子なく続ける。

「確かにお目に掛かるなぁ初めてでございやすね。けどあんたさんのことも、こたびの調べの中でいろいろと出て参りやしたからね——しばらく前からどこに失《う》せたものか、居所まではなかなか探り出せませんでしたけども。

初太さんが見世の金を落としちまった弟のために、あんたさんから預かった内金を奉公先に入れるのが遅れたことで、あんたさんの注文した皿や碗の届くのが二、三日先になっちまった。なのに初太さんにろくな罰も与えられねえのが気に食わねえってんで、『ならうちの見世は、初太さんの奉公先《おまえさんとこ》との取引をやめようか。なぜそうなったか、いろんなとこで話してもいいんだぜ』なんぞと脅して、とうとう初太さんが自分から見世を辞めなきゃならないようにした——それが、あんたさんの言おうとしたことのホントの有りようでございやしょう」

「出鱈目《でたらめ》だっ！　こいつは僻目《ひがめ》でものごとを見て、手前の都合のいいよう好き勝手に並べてるだけだ‼」

怒り出した練左を相手にせずに、貫太は紀州屋の親戚一同へ視線を向けた。

「野州屋さんとやらは、あっしが紀州屋さんに連れられてきたからにゃあ、言うことに偏りがあるに違えねえって先ほどおっしゃったけど、その野州屋さんが控えさせてた、この練左ってお人はどうでやしょうかねえ。皆さんにゃあ、どう見えてらっしゃいますか？」

「こいつの言ってることは、みんな嘘っぱちだ。信じちゃならねえ！」

いまだに喚《わめ》いている練左には目もやらない。

話が紛糾したのへ業《ごう》を煮《に》やした野州屋が、新たなことを口にする。

「ええい。いずれにしろ、そこの初太が見世の金を自分の懐に入れようとしたことには間違いないんだ。もうそれだけで十分だろう——見ろ、こんな言い合いになっても、初太はひと言の弁解もできないでいるじゃないか。

紀州屋さん、あなたはそんな者を、本気で自分の見世の跡継ぎにしようというんですか！」

野州屋は紀州屋に迫る。

その様子を見て、貫太は頭を振った。

「ここまで拗《こじ》れたんじゃあ、どうしようもねえかな——申し訳ありやせん、旦那。お出まし願います」

貫太の声を受けて、練左が出てきたのとは反対側になる隣座敷の襖がガラリと開けられた。

皆の顔がそちらに向く。現れたのは、町方装束に身を包んだ裄沢だった。

五

「町方のお役人？」

誰かが呟いた声に応じ、裄沢が口を開いた。

「俺は北町奉行所の隠密廻り同心で、裄沢広二郎という。しばらくの間、この場に邪魔をさせてもらう」

「なぜ、こんなとこに町方の旦那が？」

「そなたらが今話し合っている件について、困っていると相談を持ち掛けてきた者がおったのでな」

野州屋には初耳のことであったが、その言葉を聞いてハッとした。こんな好都合なことはないとばかりに、裄沢へ訴える。

「誰が呼んだかは存じませぬが、お役人様、ちょうどよいところへ。そこにおる初太という男は、己の奉公先の金を着服せんとした悪人にございます。どうかご対処をお願い申します」

　そうか、と応じた裄沢は、初太へ身体を向けた。

「そなたが初太か」

「は、はい」

　初太は畏《かしこ》まって畳に手をつき頭を下げた。その場にいる者たちは固唾《かたず》を呑んで成り行きを見守る。

「そなたの行いは、若いゆえに考えの及ばぬところがあったとは申せ、不束《ふつつか》であったこともまた確か。屹度《きっと》叱り置く。以後は十分に心して身を慎《つつし》み、稼業に励むように。以上、確かに申し渡したぞ」

　お上が罪人を咎める言葉は、罪の程度によって言い替えがなされた。重いほうから順に不届《ふとどき》、不埒《ふらち》、不束となり、「不届」と非難された場合には死罪や遠島などの重罪に問われることを覚悟しなければならなかった。

　不束とされた場合は、せいぜい手鎖《てぐさり》（簡易な手錠《てじょう》型の拘束具を嵌《は》めた上で、自宅謹慎させる刑罰）程度で済む場合が多い。口頭注意だけで終わるようなときなら、お叱りの言葉は当然「不束」となる。

「はい、たいへん申し訳ございませんでした」

初太は畳に額を擦《こす》りつけるほどまで、さらに頭を低くする。

「これでよいな」

あっさりとした裄沢の宣言に、それまでの咎めの言葉を聞きながら落ち着かなかった野州屋が、拍子《ひょうし》抜《ぬ》けの声を上げた。

「へ？……それだけにございますか？」

「当然だ。そもそも、そなたらが初太の咎とか申しておったことは、町奉行所《ごばんしょ》へ訴えも出されておらぬ」

「で、ですが、やったことは横領で間違いございませんぞ」

「だから、その被害に遭ったのは誰かと訊いておる。損害を受けた者やその家族などからの訴えなくば、町方が動くような話にはならぬぞ。

それでも、本来自分には関わりのないはずのことで騒ぐ者がいるゆえ、こうして出てきて説諭《せつゆ》したということになる。これで十分であろう――そもそも、そこな初太は、お上の立場からは罪を犯したなどとは見なされぬからな」

「そんな……」

裄沢の言いように、練左が声高《こわだか》に反駁《はんばく》する。

「なら、私が訴える。そこにいる初太のせいで、私の見世は立ち行かなくなったんだ！」

　桁沢は、冷たい目を練左のほうへ向けた。

「そなたが申す初太のせいとか見世が立ち行かなくなったとは、いつの話だ」

「！　それは……」

　桁沢は口ごもる練左から視線を移して「貫太」と問い掛ける。貫太は即座に応じた。

「へえ、初太さんの一件があったのがおよそ六年前、そこの練左とおっしゃるお人が営んでいた湊屋という小料理屋がなくなったのは、二年前のことにございます。もっとも、見世がなくなる前の二年ほどは、ほとんど客を入れていなかったようにございますが」

「その、店に客を入れられなくなったのも初太のせいだ！」

「ほう、初太はどのような手立てをもって、そなたの店に客が寄りつかぬようにしたと？」

「それは……奉公先を辞める因《もと》になったと私のことを逆恨《さかうら》みし、裏からいろいろと手を回したに違いない」

「その証はあるか。初太がそのような振る舞いに及んでいるのを、その目で見たとか、この耳で聞いたとかいう証人は？」

「……」

答えが返らぬのを見て、裄沢は「紀州屋」と視線を転じて呼び掛けた。

「そなたのように自前の見世を持つ者が、ただの担い売りでしかない若者に婿入りを望んだとなると、その者の働きぶりをずいぶんと見込んだということであろうな」

「はい、それはもう。ここな初太は、弛《たゆ》むことなく日々真面目に働く感心な若者にございます」

「そのような働き方をしておる者に、他人の見世に客が寄りつかぬほどの悪評を立てるといった悪さをしているヒマがあろうか」

紀州屋は、冷静に答えてきた。

「まずもって、無理にございましょうな。初太が奉公先を辞すことになったときの一連の顚末《てんまつ》は、当人がしっかりと手前に話してくれておりまして――それは先ほど貫太さんが皆の前で披露してくれたことと寸分違《たが》わぬものだったのでございますが――その話の中には湊屋さんの名前と場所もございました。

その湊屋さんの見世があったところと、担い売りをするようになってからの初太の住まいや商売での立ち回り先はだいぶ離れておりますことからも、お役人様がおっしゃるようなことができたとは、手前にはとうてい思えませぬ」

「練左——あるいは、元湊屋と呼ぶべきか。当時のそなたの振る舞いがどのようなものであったかは、そこにいる貫太からも聞いておる。

そなた、己の気に食わぬことがあると、いつまでもこだわり続けるほど執着《しゆうじやく》する気持ちが強い男だそうだの。奉公先を辞してそなたの前から姿を消し、その後はいっさい関わってこなかった者が己の見世が上手くいかなくなった原因であるなど、それこそそなたが申す逆恨みではないのか」

「そっ、そんなのは、あの貫太とかいう男がデッチ上げた出鱈目だ」

練左は、初太に関する自分の主張が否定されたことは棚に上げて、己への非難に対するもの言いについてだけ反論してきた。

それ以前の言動も含めてじっと見ていた紀州屋の親戚一同は、さすがにこの男の性分を察して呆れ顔になっている。

自分が連れてきた男の無様な姿に焦りを募らせた野州屋は、どうにか形勢を押し戻そうと、強引に話に割って入ることにした。もっとずっと上手く立ち回れるはずだったのが、お門違《かどちが》いの町方がしゃしゃり出てくるなどして、ずいぶんと算《そろ》盤違《ばんちが》いが生じてしまっている。

だが、今さら引くわけにはいかない。仕方がないので、十分な用意が調わず、期待したほど効果が上がらなそうなことに目を瞑り、段取りが間に合わなかったため最後の手段として取っておくことに決めていた奥の手を、ここで出してしまうことにした。

「お待ちください。練左さんのことはともかく、そこの貫太とやらいうお人の話が出鱈目だというのは間違いのないことにございます。なにしろ他人様《ひとさま》のあれこれを調べることを生業にしている者がいるなど、聞いたこともございませんし。

そこのお人は、実際その場を見ていた人の証言を得たとかいうことですが、あたしは実際にその場のことを知っている方々にお話をしていただくことができます。それをお聞きになれば、皆さんどちらが本当のことを言っているのか、はっきりお判りになると思いますので」

裄沢は、野州屋の話を興味深そうに聞いてから返す。

「ほう、そんな者たちがいるなら、なぜそこの男ではなく、そちらをこの場へ呼ばなかった？」

「それは……皆さんお忙しい方ばかりですから、急に決まった本日の集まりには都合がつかなかったのでございます」

「そのような者がいる、というだけでは判断に困るな。それは、どこの誰だ」

裄沢に問われた野州屋は、三人ほどの人物の名と商売、住まいを閊《つか》えることなくスラスラと挙げてみせた。

それを聞いた裄沢が貫太のほうをチラリと見る。

裄沢の視線を受けた貫太は小さく頷き、野州屋が列挙した三人について正確に復唱した。

「あっしが今繰り返したお名や住まい、それぞれの商売に、間違いはございませんね？」

「なっ……あ、ああ。そのとおりですが」

貫太が一字一句正確に繰り返したことに驚きながらも、皆の目を意識した野州屋は何ごともなかったふうを取り繕って肯定した。

「なに、別に一度聞いたら忘れねえほどもの憶えがいいってワケじゃあござんせんで。たぁだ、こっちで調べ上げたとおりのお名が出てきたってだけのことでさぁ」

「調べ上げて？　……」

不審と不安半々の表情を浮かべる野州屋へ、裄沢が告げる。

「そなたが挙げた三人、先ほどの練左と同じことを口にしたとして、果たしてそれは本当のことであろうかな」

「なっ、いくらお役人様だとて、そのおっしゃりようはあまりにも一方に肩入れしすぎたものではございませんか」

「野州屋。そなたは勘違いしておるようだが、そこにいる貫太は、紀州屋に頼まれてこたびの調べをしたわけではないぞ——貫太について、人のことを調べるのを生業にしている者などいるはずがないと申しておったな。

そもそもその思い込みが、間違いだ。なにしろ貫太は、北町奉行所の小者だからな。我ら町方に求められたことを調べるのも、この男の仕事の内よ」

「！　まさか……」

「貫太は、俺の指図に従ってこたびの調べを行ったと申しておる。それでも、この貫太が話したことは嘘八百だと言い張るか」

「それは……」

「野州屋。そなたは俺がこの場へ出てきたときに、初太が罪を犯したのは明らかだから、対処をせよと申したな。先ほども言ったが、当時誰も訴えも起こしておらぬ一件を、町方が取り上げることはない」

「それは……練左さんが先ほど訴えると……」

「もし当時取り上げるべき訴えが行われていたとしても、何年も経ってから今さら取り上げることはあり得ぬ。ましてや俺が初太にわざわざ『改悛《かいしゅん》の情を持ち続けよ』と説諭まで行った後となれば、たとえそなたが北町を避けて南町奉行所《みなみのごばんしょ》へ持ち込んだとしても、『無用な訴えなど起こすな』と叱られて終わるだけぞ」

現代ならば、被害者の意向がどうであれ刑事事件として立件されるような事案であっても、先々の治安に影響を及ぼすような懼《おそ》れでもない限り、当時の町方はできるだけ当事者同士の内済《ないさい》（示談《じだん》）で争《あらそ》いを終わらせようとするのが常であった。

北町の廻り方である裄沢が、自ら出向いて口頭で咎めるほど丁寧な案件の処理をしたという実績を残したからには、ことがもっと血腥《ちなまぐさ》い傷害事件であったとしても、この先町奉行所が取り上げることは決してなかったであろう。

「まさか、そのようなことが」

「これは、正式なお上の定めである」

申し渡されたことへ得心できずに思わず不満を漏らした野州屋に、裄沢ははっきりと断言した。

八代将軍吉宗が編纂《へんさん》させた『公事方御定書《くじかたおさだめがき》』には、「旧悪」（現在で言うところの「時効《じこう》」）についての規定も記載されている。これによれば、人殺しや徒党を組んでの押し込み強盗、火付けなどの重大犯罪を除き、事件発生後十二カ月経過した時点で継続捜査中でなく、なおかつ咎人とみなされるべき者が「今後も同様の犯行を繰り返す懼れがある」と判断されない状況にあれば、原則、罪には問わないとされているのだ。

重罪以外の雑多な犯罪について、いちいちそこまで処理が追い着かないという実務上の事情はあったろうが、それ以外に、遺伝子《DNA》鑑定どころか血液型や指紋の知識もなければ、写真などによる客観的で正確な記録の保存も不可能な時代であるから、古い事件の究明には関係者の証言しか頼るものがないところ、ときが経《た》てば記憶は劣化し場合により変質までしてしまうという認識が持たれていたことも一因であろうと考えられる。そのような不確かな証言《しようこ》のみで人々を裁くことは、むしろ社会全体を混乱させる結果にしかならないと判断されたのではなかろうか。

当時は、周知によって法令の遵守《じゅんしゅ》を図るよりも、悪意を有する者に抜け道を探されないよう、詳細は秘匿《ひとく》するといった考え方が主流であった。『公事方御定書』についても、必要最低限の関係者以外は、たとえ高禄の幕臣で重要なお役に就いている者でも内容を知ることはできなかったのである。

　このことから、裄沢もその場の皆に対し、自分が口にした「お上の定め」についての詳細を告げることはなかった。

「これまで申したとおり、初太がかつて起こした見世の金のいっときの流用は今さら問題にはされぬ――が、野州屋。そなたは別ぞ」

　突然矛先を変えた裄沢の指弾に、野州屋はぎょっとする。裄沢は構わず続けた。

「そなた、初太の犯した昔の罪が、練左が言い張るとおりの悪意に満ちたものであり、それを証言する者が三人おると申したな。その三人の名も居所も判っておるからには、番屋へ呼んでそれが本当のことなのか、誰かに嘘の証言を頼まれてはいないか、きつく問い質してみようか」

「つ……」

「初太が犯した過ちは、もう何年も前の出来事だ。しかしそなたが名を挙げた三人の件は、ただ今行われんとする、これこそ紛《まご》うことなき悪意に満ちた企みぞ」

「そ、そのような大袈裟な」

祈沢の言いようは一方的な決めつけだが、それが事実であり、すでに首根っこを押さえられてしまっているとはっきり自覚のある野州屋にすれば、抗議することすらできない。何とか逃れようとして口から出せたのは、どうにも情けない言葉が一つだけだった。

「初太を婿にするのを阻《はば》んでそなたにどのような利得があるかまでは存ぜぬが、周囲の者を欺《あざむ》いて己の思うままにせんとしたのは明らか。もし初太や紀州屋から訴えがあれば、俺は迷うことなく取り上げるぞ。なにしろそなたのもの言いは、お上の手の者である貫太や、その貫太の言を信じて話をした俺を貶《けな》す振る舞いに他ならぬのだからな」

「く、口が過ぎたのは、どこまでも紀州屋さんを思ってのこと。どうかお赦しくださりたく、お願い申し上げます」

完全に守勢に回った野州屋は、恥も外聞もなく頭を下げる。

「あくまでも紀州屋を思ってのことと申すか。それが口先だけの真っ赤な嘘などではないと、この場に臨《のぞ》んだ親戚一同が、果たして信じてくれるかどうか。

野州屋。そなたが大いに非難したかつての初太の過ちは、若気《わかげ》の至りでやらかしてしまった無分別であったが、当時の初太はおろか、今の初太と比べてさえずっと歳経《とした》た、しかも自ら商家を構えて皆より一目《いちもく》置かれる立場のそなたが、今この場で頭を下げざるを得なくなった無分別はどうか。すっかり改心した初太と今の己の身を引き比べて、恥ずかしいとは思わぬか」

裄沢の手厳しい糾弾《きゅうだん》に、野州屋は、下げた頭を上げられなくなった。そっと脇目で周囲の気配を探れば、こちらに信頼や同情を感じさせる視線を向けている者は、もはや一人もいなかった。

六

紀州屋や初太の一件の落着には、裄沢が当初考えていたよりもときが掛かった。北町奉行所へようやく足を向けたときには、もう陽がだいぶ傾いていた。

野州屋が贋《にせ》の証人を立ててくるような企みにまで手を染めなければ、裄沢が自ら乗り出していくことにはならなかった。貫太が事前にそこまで突き止めてくれたのは幸いだったが、野州屋の強引で悪辣《あくらつ》なやり口が明らかになったことで、紀州屋ばかりでなく親戚一同が、呆れ顔を通り越して怒りを隠せぬ表情になっていた。

練左を放り出し野州屋も先に帰した後に、残る面々で話し合いをしたのだが、紀州屋はその場で「野州屋とは今後の付き合い方を考え直す」と宣言した。この考えに倣《なら》う者も、おそらくは一人や二人では済むまい。

野州屋は、今後の親戚付き合いに支障が生ずるというばかりでなく、噂を聞いた周囲の商家からも少なからず信用を失うことになりそうだ。

若干懸念が残ったのは、初太が本日のやり取りを見て、「やはり自分は紀州屋さまの婿に入れるような者ではない」と、辞退を強く申し出たことだ。それでも紀州屋は強く翻意を促していたし、粘り強い説得があれば事態は好転するであろうと、裄沢は楽観視していた。

「もうお揃いですか。皆様、お勤めご苦労様にございます」

いちおうの警戒として、先に帰した野州屋に貫太を張り付かせた裄沢は、独り奉行所へ立ち戻って同心詰所に顔を出した。そこには、市中巡回を終えて夕刻の打ち合わせを行う廻り方の面々が、すでに皆顔を揃えていた。

「おう、裄沢さん。お前さんもお疲れさん——で、今日はどうしたい？」

隠密廻りとして毎日町奉行所へやってくるわけでもない裄沢が、まだ非番月中の本日、わざわざ町方装束で姿を現したことを奇異に思った臨時廻りの室町が問うてきた。

「いえ、大したことではないのですが、町場でちょっとした揉めごとの仲裁に入らなきゃならない用事があったものですから。そのついでで、こちらにも顔を出してみたというだけですので」

「そうかい、ご苦労さん――で、その紛糾ってえのは？」

「もう収まりましたので、大丈夫です。事後報告になりますが、西田《にしだ》さんと柊《ひいらぎ》さんには、二人お揃いのところでざっと経緯を説明しておくつもりでいます」

西田小文吾《こぶんご》は日本橋川以北を受け持つ定町廻り、柊壮太郎《そうたろう》はその西田と組むことの多い臨時廻りである。この二人に話だけしておくということは、西田の受け持ちで起こった些事《さじ》が何ごともなく解決したのであろうと、室町たちは関心を向けるのをやめた。

後は、いつもの連絡事項や情報共有の話し合いだ。裄沢は、それを黙って聞いていた。その裄沢の意識は、真剣なやり取りの邪魔にならぬようにそっと、話し合いの参加者である来合へ向けられている。

来合の様子は、どこかいつもと違っているように見えたが、それは悪いものではなさそうだった。

「まあ、今日んとかぁ、こんなもんかな」

話に区切りがついたところで臨時廻りの三上鐵太郎が声を上げたが、新たな議題を持ち出す者はいなかった。

「じゃあ、今日はお疲れさん」

これで帰りだと皆がホッと息を吐いたところで、室町が来合と裄沢を見比べながらものを言ってきた。

「ところで来合、何かみんなに話があんじゃねえか」

一瞬詰まった来合は、チラリと裄沢のほうを見てくる。しかしこれは、勘のいい室町が自身で気づいて勝手に言い出したことだ。

裄沢は「何も言っていない」とほんのわずかに首を振って見せた後、自分も期待する目で来合を促した。

あー、と声を上げた来合は、ようやく肚を決めた様子で室町に答える。

「実は、広二郎の勧めで非番だった昨日、美也を医者に診せたんですけど、どうやらやや、やや子を授かったみてえで」

おおっ、と皆が歓声を上げる。そこからしばらくは、来合の肩を叩いたり冷やかしたりが続いた。

定町廻りの西田と藤井あたりは「祝杯だーっ」と騒ぎ始める。

「しかしお前、ふた言み言おいらの話を聞いただけで、美也の不調が悪阻《つわり》だってよく判ったな」

皆が帰り支度に移ってようやく解放された来合が、裄沢に小声で言ってきた。

「そりゃお前、ずいぶんと昔のことになるが、これでも経験者だからな」

来合家の女中である都和は嫁《とつ》いですぐに夫を亡くし、以来ずっと寡婦《かふ》を通してきたというから、美也の変調をすぐに懐妊《かいにん》と結びつけられなかったのだろう。備前屋でもそうした場に直面することはなかったようであるし。

経験豊富なはずの飯炊きの谷津婆さんは、腰を痛めて寝込んでおり、肝心なところを見ていなかった。

そして美也自身、三十路《みそじ》を迎えようという歳になってまさか自分が子を授かるとは、思ってもいなかったのかもしれない。裄沢が気づいていなければ、あるいは無理をしてたいへんなことになっていたかもしれなかった。

裄沢に感謝の目を向けてきた来合は、ただひと言「そうか」と応じただけだった。自分のことを経験者であると述べた裄沢が、その自分の子も産んだ連れ合いも亡くしていることを慮《おもんぱか》って、持ち出した話を打ち切ったのであろう。

「さあみんな、すぐに動くぜ」

藤井の音頭取りに、全員がぞろぞろと移動を始めた。


その夜の酒宴は、短いながらも楽しいものになった。あまりときを掛けずに終わったのは、主賓《しゅひん》であるべき来合がそわそわと落ち着かなかったからだ。「とっても見てられねえから、早く帰してやるべえ」となったのだった。

そこには、当時としてはだいぶ高齢での出産となる美也への気遣いも少なからずあったであろう。まあ、美也の懐妊はすぐにも親代わりである備前屋に報告されて、そちらから人手も必要となりそうな品々も過分にもたらされるであろうから、裄沢はさほど心配はしていないのだが。

先に来合を帰してやった後に「場所を変えようか」となったところで、裄沢は宴席から抜けることにした。

軽い酔いに身を任せて夜道を独り歩く。快晴の夜空には、望月《もちづき》からは欠け始めているがまだ冴々《さえざえ》とした月明かりがあるから、提灯は手にしていなかった。

ふーっと息を吐いて頭上を見上げる。雲一つない空には、満天の星が輝いていた。

——明日も晴れかな。

そんなどうでもよいことが頭を過《よ》ぎったとき、後ろから突然衝撃が襲ってきた。

※

——北町奉行所隠密廻り同心・裄沢広二郎、廻り方の酒宴に出席した後《のち》、その夜中《やちゅう》に失踪す！

北町奉行所に衝撃が走ったのは、来合を祝う内輪の酒宴が行われた二日後の朝のことだった。

この作品は双葉文庫のために書き下ろされました。

双葉文庫

し-32-43

北《きた》の御番所《ごばんしよ》 反骨日録《はんこつにちろく》【十】

ごくつぶし

2024年4月13日　第1刷発行
2024年8月28日　第4刷発行

【著者】
芝村涼也《しばむらりようや》

【発行者】
箕浦克史
【発行所】
株式会社双葉社
〒162-8540 東京都新宿区東五軒町3番28号
［電話］03-5261-4818（営業部）　03-5261-4868（編集部）
www.futabasha.co.jp（双葉社の書籍・コミックが買えます）
【印刷所】
中央精版印刷株式会社
【製本所】
中央精版印刷株式会社

【フォーマット・デザイン】
日下潤一

ISBN978-4-575-67197-1 C0193
Printed in Japan